マドンナメイト文庫

隻脚の天使 あるいは異形の美

北原童夢

目次

contents

隻脚の天使　あるいは異形の美

第一章　幻肢

1

全身麻酔をかけられて手術台に横たわった安西里美《あんざいさとみ》の裸身は、無影灯の明かりに白々と浮かびあがり、死の静けさをたたえていた。

つい一時間前までは、

「足を切るなんて、死んでもいやよ。殺してよ。先生、足を切るならその前に殺してよ」

そう、半狂乱で泣き叫んでいたのが嘘のように静かな呼吸を繰り返している。

無菌消毒されたキャップをかぶった少女の顔は、やや青ざめてはいるが、天性の美貌のせいか、トルソーのように美しい。この塑像《そぞう》のような美形が、麻酔から覚めて自分の左足がなくなっているのを知ったとき、どんな劇的な変化を見せるのだろうか？

その瞬間にはぜひ立ち会いたいものだ。

「神山《こうやま》先生」

第一助手の磯部《いそべ》がマスク越しにくぐもった声で言って、目で合図する。

「始めましょうか」

神山里佳子《りかこ》は姿勢を正すと、オペ用のゴム手袋を嵌めた右手を差し出した。手術室付きのナースがその手に電気メスを握らせる。里佳子はメスをつかんで、あらかじめ印のつけてある左足の大腿部に視線を落とした。

この世に十七年間しか存在することを許されなかった左下肢は、羨《うらや》ましくなるほどに均整がとれて真っ直ぐに伸びていたが、充実した太腿はすでに女の柔らかな肉をたたえていた。

(可哀相な左足……お前は女の悦びも知らずに抹消されるんだわ。ヴァギナから伝わる掻痒感もこわばりも経験せずに。でも、お前はこうなる運命だった。男とのくだらないセックスで穢されていくよりも、このほうが良かった)

美貌の女医は膝上十五センチの箇所にメスを添えた。白く張りつめた少女の太腿は、神に捧げられる供物のように聖性をおびて官能的だ。軽く引くと、皮膚と肉が切れて、赤い血が噴き出してくる。ナースがその血をカーゼで拭《ぬぐ》った。

安西里美がS大学付属病院に入院してきたのは、十日前のことだった。カルテには高浜《たかはま》イオリという高名なチェロ奏者から院長への依頼状が添えられていた。

安西里美はお嬢様校として有名な高校の音楽科の学生だった。院長から聞いた話では、里美のチェロの先生でもある高浜が、彼女の女性チェリストとしての才能を高く評価しており、以前からの知り合いである院長に治療を依頼してきたのだという。

前の病院からの診断書を見て、里佳子は眉を曇らせた。「左大腿骨下端の骨原発性腫瘍・骨肉腫の疑い有り」と記してあった。悪性骨腫瘍であれば、下肢を切断せざるをえなかった。

そして、同時に里佳子は自分が担当医を命じられた理由を理解した。というのも、里佳子自身、医学生のときに交通事故に遭《あ》い、左足を切断していた。里佳子が整形外科医を志したのも、そういった自分の生い立ちが少なからず影響していた。

里佳子の左足は義足だった。初めて義肢をつけて以来、この二十年の間に義肢テクノロジーは長足の進歩を遂げ、いまではスラックスをはいていれば、里佳子が隻脚《せっきゃく》であることを見抜ける者は少なかった。それでも里佳子は自分のクランケには、義肢のことを隠さず告げることにしている。そのことで、クランケが自分に絶大な信頼を置くことを身に沁みて感じていたからだ。

不幸の星を背負った少女はどんな子なのだろうか……そう思いつつ病室で里美を初めて診たとき、強烈な印象を受けた。

個室にナースを従えて入っていくと、里美はバスローブ式の前で合わせる病衣を着て、ベッドに上体を立てていた。

神が与えた天性の美貌というものが存在するとすれば、里美の場合がまさにそれだった。

くっきりしたアーチ形の眉の少し上で前髪が一直線に揃《そろ》えられ、顎の先までのボブカットの黒髪に包まれるように、鼻筋の通ったすっきりした顔がのぞいていた。

そして、里美は里佳子を見て微笑んだのだが、ただ無垢な笑顔というわけではなかった。見る者をどこか遠い世界へと誘《いざな》う神秘的な笑みの裏で、自分の担当医に決まった女医を密《ひそ》かに値踏みしているのが感じられた。

里佳子は当たり障りのない話をしながら、型通りの診察をした。病衣の胸を開かせ、聴診器を胸にあてて心音を聞いた。

左右の鎖骨がくっきりと浮きでて、深い窪みを作っていた。あまり屋外には出ないのか、薄く張りつめた肌は透き通るように、白い。だが、病的というわけではなかった。乳房はトップが釣糸で吊られているように、生意気に上を向いていた。

聴診器をあてている間、少女はじっと里佳子の表情をうかがっていた。目を合わせても自分から視線をそらすようなことはしない。自分に自信があるのだろう。この美形で、チェリストとしての才能を自覚しているのだから、怖いものなどないに違いない。

心音にも呼吸音にも異常は認められなかった。悪性腫瘍の場合、肺への微小転移が考えられるが、里美に転移はないのかもしれない。いずれにしろ、X線胸部検査をすればわかることだ。

「いいわ。足を診《み》させて」

言うと、ナースが病衣の裾《すそ》をまくった。

激しい運動とは無縁だと一目でわかる美しい足が目の前にあった。過度の運動はかえって下肢の美を損なうことが多い。誤ったスポーツ観から免《まぬが》れた足だった。だが、その完璧さを左膝上のわずかな赤みが奪っていた。

斑点に人さし指をあててかるく押すと、里美が「うッ」と眉根を寄せた。

「痛いのね？」

「ええ、ちょっと……」

「そう……で、いつから痛みを感じるようになったの？」

「……二カ月ほど前から。チェロを弾いているときに」

里美が言って、唇を嚙んだ。負けず嫌いの性格らしいから、おそらく二カ月より前から兆候はあったのだろう。

たしかチェロを弾くときは、足を開いて、あの大きな楽器を抱え込むようにするはずだ。その光景を想像して、里佳子は恍惚《こうこつ》となった。しっとりと汗ばんだ内腿を股間に向けて指でさすると、里美がびっくりしたように目を見開いた。

「淋巴腺《リンパせん》を調べるのよ。少し我慢して」

そう言って、股の付け根を撫でたり、かるく押したりする。

まくられた病衣から、オフホワイトのショーツが大切な箇所を覆っているのが見えた。

視線をあげ、里美の表情をうかがいながら、下着に触れるか触れないかのところで淋巴腺をさぐると、グリグリした感触があった。やはり腫れているようだ。

何度もさぐるうちに、里美が目を閉じた。長い睫毛《まつげ》を震わせた、何かに耐えているようないたいけな表情がたまらない。

診察を終えると、里美が不安げに聞いてきた。

「あの……私、何か悪い病気なんでしょうか?」

「骨の腫れはあるけれど、それがどんな性質のものかは詳しく検査してみないとわからないわね」

「もし、悪性だったら?」

「それは、そのときになったら考えましょう。とにかく、今日はゆっくり休みなさい。いいわね」

言うと、里美は明らかに落ち込んだ様子で目を伏せた。

その後、X線検査をし、血管造影像を撮り、CTスキャンをかけた。長管骨の骨端に玉ねぎ状の陰影が見えた。悪性腫瘍にほぼ間違いなかった。確定するために、患部の細胞を採取して病理にまわした。やはり、結果は骨肉種であった。

数日後、病理検査の結果を告げると、里美は一瞬、惚《ほう》けたような顔をした。それから、

「ウソでしょ。先生、里美を困らせるためにウソをついているのね。そうなんでしょ?」

すがるような目を向ける里美に一言、こう告げた。

「残念だけど、事実よ」

それだけで充分なはずだった。

骨肉腫であれば、下肢切断しか治療法がないことを知っていたのだろう。

「……足を切るの？」

里美の黒い瞳に怯《おび》えの色がうかがえた。

ちょっと一押しすれば、すべてが崩壊するだろう。この少女が十七年間で築きあげてきた仮の人生が砂上の楼閣でしかなかったことを思い知ることだろう。狂気の一歩手前の静寂をたたえた、硬直した表情が、里佳子を魅了した。

里佳子はしばらくの間、その緊張感を愉しんでから、少女を断崖から突き落とした。

「そうなるでしょうね」

その瞬間、里美の瞳が吊りあがった。目を閉じて、数秒間、茫然自失していた。それから、両手で耳を覆うようにして、「いやァァ！」と悲鳴をあげた。

「いや、いや、いや」

尋常でない速さで首を横に振り、頭を抱えて嗚咽《おえつ》をこぼした。

付き添っていた感じのいい母親が、肩に手をまわして娘を強く抱きしめた。甘える対象を見つけて、里美はますます激しく泣きじゃくった。

その夜、里美は果物ナイフでリストカットをして自殺を図った。自殺に使える物を片づけさせて監視させたのだが、里美はどこからか果物ナイフを調達してきたようだ。

幸いにして手首の傷は浅く、大事には至らずに済んだ。足を一本失うくらいで、人は死ねはしないのだ。里佳子自身が身に沁みてわかっていたことだった。

翌日、里佳子は里美の前で、スラックスを脱いで自分の義足を見せた。ギョッとしたように目を丸くした里美に、義足であっても健常人に負けない日常生活を送れるのだということを説いた。

「あなたの気持ちは、私がいちばんよくわかっています。あなたの人生はまだ長いのよ。義足であっても、チェロは弾けるでしょ。こんなことでへこたれていては駄目じゃないの」

そう型通りに励まして、里美の身体を抱きしめた。里美は嗚咽をこらえてしのび泣いていた。抱き心地の良い柔軟な肢体だった。

「泣きなさい。思い切り泣いていいのよ」

震える背中をさすりながら、里佳子はこの少女が自分の懐に飛び込んできたことに無上の喜びを感じていた。

切開部は、大腿部の筋肉がめくれあがり、赤い柘榴《ざくろ》の実が爆《は》ぜたようだ。いや、こういう美化した形容はやめよう。むしろ、屠殺場で処理される獣のようだ。どんなに美しく装っていても、人は一皮剝けばこうなるのだ。

湧きあがる昂揚感を抑え、里佳子は縫合糸を巧みに操って、動脈や静脈を一本一本丁寧に結んでいく。あふれでた鮮血と漿液《しょうえき》にまみれながらも、ゴム手袋を嵌めた指は正確な軌跡を描いて細い糸を操る。

外科医の価値はその技術で決まる。言い換えれば、手先の器用さが問題だった。そういった職人的器用さに里佳子は恵まれていた。

血管を結び終えると、電気鋸で大腿骨の切断にかかった。赤い柘榴の爆ぜた肉層のなかで、大腿骨だけが象牙色に輝いていた。ソーの歯をあてると、モーター音とともにサーッと白い煙が舞いあがり、少しずつ大腿骨が切れていく。

切断を終えると、助手が下肢の部分をつかんで本体から離した。切り離された下肢は、主人を失って寂しげに手術台に横たわっている。この足はホルマリン漬けにされて標本瓶におさめられ、管理されるはずだ。

(さあ、ついにあなたの左足はあなたを離れたわよ。どうする? 泣いても喚《わめ》いても、

もう二度と戻ってくることはないのよ)

里佳子は無影灯に浮かびあがった里美の顔を見た。里美は麻酔時特有のゆったりとした息づかいで安らかな寝顔を見せていた。まるで、幸せな夢でも見ているように。

その後、大腿骨にドリルで穴を開け、そこに筋肉を結びつける筋肉固定法で処理をした。切断面の骨膜と皮膚を縫い合わせて、オペは終わった。

白雪姫のようにいつまでも眠りつづける里美に、里佳子は心のなかで囁きかける。

(私があなたの王子様なのよ。あなたは私のキスで目覚める。それまで眠っていなさい)

2

高級マンションの一室で、筒井浩二《つついこうじ》は美貌の整形外科医を前にウイスキーを飲んでいた。

バッハのピアノ曲が流れるなか、神山里佳子がソファに横たわっている。絞りこまれた間接照明に浮かんだ女医の姿は陰影に満ちて、まるでレンブラントの絵画のようだ。声をかけた。

「お疲れの様子ですね」

「そう……でも、ないわよ」

里佳子が身体を起こし、ソファに足を組んで座った。

タイトスカートから、黒のストッキングに包まれたすらりとした足と太腿の白さがのぞいていた。義足を下にして足を組んでいるが、そのポーズにほとんど不自然さは感じとれなかった。

左足の骨格式モジュラー義足には、フォームラバーがかぶせられていて、一目見ただけでは義肢と見分けることはできなかった。筒井が彼女のために製作したオリジナルの義肢であった。

筒井は〝PO〟と呼ばれる義肢装具士で、義肢製作メーカーの社員だが、実際にはS大学付属病院のギプス室に詰めて、患者のギプスを巻いたり、患部の採型を行なっている。それを自社の工房に持ち帰って、ソケットを製作する。

今日、工房でソケットの陽性モデルを作っていると、里佳子から電話があった。マンションに来てくれという。「わかりました」と答えて、電話を切った。

なかば予想していたことだった。これまでもこの女医は足の切断手術の執刀をした後には、必ず筒井を部屋に呼びつけていた。

里佳子は同性愛者であり、院内にも野間久美子《のまくみこ》という若いナースの恋人がいる。にもかかわらず、下肢切断時に限って、筒井に性交の相手をさせるのは、彼女の生い立ちのなせる業なのだろう。

神山里佳子は医学生のときに交通事故で左足を複雑骨折した。ねじれ、ぶらぶらになった足は切らざるをえなかったのだという。

その車を運転していたのが、彼女の恋人の医学生だった。彼は謝罪し、里佳子の今後を保証した。だが彼はしばらくすると大学を移り、里佳子の前から姿を消した。隻脚になった恋人を受け止めるだけの度量がなかったのだ。それ以来、里佳子は男性に対して極度の不信感を抱き、性の対象が同性へと移っていった。

下肢切断手術の後に筒井を呼ぶのは、自分を見捨てた男に対する「復讐」を実行に移すためなのか、それとも、彼女の身体の奥底に潜む何か得体の知れないものが目を覚ますのか、筒井にもわからない。おそらく、里佳子自身でさえ判然としないだろう。

「安西里美のこと、あなた、どう思う？」

オンザロックのグラスをまわしながら、里佳子が聞いた。前髪を立ちあげ気味にしたウエーブヘアがふんわりと彫りの深い顔にかかっている。

「どうって、言われても、困りますね」

そう答えながら、筒井は里美の顔を思い浮かべていた。まだ正式に顔合わせをしたわけではないが、ナースに付き添われた里美がわずかに左足を引きずりながら検査室に向かう姿を見ていた。男なら誰もが視線を奪われる美しい容姿をしていた。

身長は百六十センチくらいだろうか、手足がすらりと長く、しなやかな感じがした。顔はかわいいと言うより美人系だった。顔の部品のひとつひとつがくっきりしていて見事にまとまっていた。つやつやしたボブカットの黒髪のせいか、どこか神秘的な雰囲気をたたえていた。

近づきがたい美形という点では、いま目の前にいる里佳子に似ている気がした。

「あの子、麻酔が切れたとき、泣かなかったのよ。普通は自分の足がなくなっているのを認識したとき、人は号泣するものよ。どんな偉そうなことを言っていてもね。でも、あの子はその代わりに、私を睨みつけていた。ちょっと怖いところがある子だと思ったわ」

そう言って、里佳子は遠くを見るような目をした。この女医はよくこういう目をする。セックスをしているときでも、里佳子はあらぬ方向を見ていることがある。その視線の彼方《かなた》にいったい何があるのか、筒井は想像するのがためらわれた。

黙っていると、里佳子が言った。

「筒井くん、あの子、タイプでしょ」

「えっ？　まあ、美人だとは思いますけどね」

「幸せでしょ？　あの子の義足を作ることができるのだから」

目を細めて、瞳のなかを覗き込まれると、嘘はつけなかった。

「そうですね。同じ作るなら、やはり、美人の足を作りたいですよ。神山先生の足を作ったときのようにね」

「あら、お上手ね。ご褒美を期待しているのかしら？」

里佳子は声をあげて笑い、ソファから立ちあがった。

背中を向けて、臙脂《えんじ》のシルクタッチのブラウスの胸ボタンを外し、ブラウスを肩から落とした。黒の刺繍付きブラジャーのホックを外して、肩から抜き取った。それから、タイトスカートを腰をねじるようにして足元へ落とした。

吊りあがったヒップが高い位置にある西欧人のようなプロポーションをしていた。

里佳子はスポーツ用の義肢を嵌めてテニスをする。そのせいか、贅肉のない身体は四十三歳とは思えないほどに引き締まっていた。

そして、くびれたウエスト部分には透明なアクリル製の硬質コルセットが何本ものベルトで締められ、肌色が透けでている。下部に装着したサスペンダーで太腿までの黒のストッキングが吊られていた。

ファッションではなかった。里佳子は交通事故の後遺症で脊椎《せきつい》すべり症の持病を抱えていた。脊椎をプロテクトするためのコルセットであり、この装具も筒井が作ったものだ。

この女医の身体造形には、筒井も深く関わっていた。それゆえに、愛着も深い。

里佳子がゆっくりとこちらを向いた。西欧のドミナを思わせる形のいい乳房が誇らしげに尖っていた。ショーツはつけていなかった。黒のサスペンダーが縦に走る下腹部には、繊毛の翳りが中央に向かうにつれて濃く密生している。

里佳子は顎を引くようにして頷《うなず》き、寝室に向かった。その歩容にはまったく跛行《はこう》は認められなかった。揺れる白いヒップを眺めながら、筒井は後をついていく。

この女にとって、自分は性具でしかないことは十分に承知している。里佳子は筒井に対しておそらくひとかけらの愛情さえ抱いていないだろう。だが、筒井はそれでもいいと思っている。いや、むしろ男と女の厄介な愛情など、筒井にも邪魔なだけだ。

里佳子がベッドに腰をおろした。筒井はいつもの儀式にとりかかる。かるく開かれた足の前にしゃがんで、左右の太腿が交わる部分に顔を寄せた。

柔らかな繊毛の感触を味わいながら、よじれたように合わさった肉萼《がく》に舌を這わせる。

低く呻いた里佳子が、筒井の髪をつかんで下腹部を前に突き出した。筒井が陰唇をかきわけるようにして舌を入れると、膣内の潤みが舌にまとわりつく。

この冷徹な女医が体内に女の恥部を棲まわせていることが不思議でならなかった。そして、その意外性が欲望の喚起装置を作動させる。そこには男女の愛情など介在する余地はなかった。

内部のぬめりに舌を走らせているうちに、腰がゆるやかにうねりはじめ、厳かに燃え立っていく里佳子の青い性の炎が見えた。

筒井は左足を持って、義肢に頬ずりする。精魂込めて仕上げた偽装用の足は、本物に限りなく近い感触を持っていた。フォームラバーの表面をシリコンゴムの人工皮膚で覆ったものだ。

黒のストッキングに包まれた人工下肢に頬ずりし、キスをする。ふくら脛《はぎ》を撫でると、里佳子が喘いで顔をのけぞらせた。

幻肢である。人は足を切断されても、しばらくはそこに足があるような錯覚を抱く。大脳感覚野に刻み込まれたパターンによる幻覚だった。普通は時間が経過するにつれて、感覚は断端に吸収されていく。

里佳子のケースであれば、大腿部の切断面に足指がはえている状態になり、幻肢は失われる。だが、どういうわけか、二十年たっても里佳子にはこの幻肢の状態が続いていた。

ふくら脛から膝にかけて接吻すると、そこには神経が通っていないはずなのに、里佳子は「ううン」と呻いて太腿を内側に絞りこむ。

だが、これは筒井が求めているものではなかった。フォームラバーの義足はあくまでもカモフラージュのための贋《にせ》の足にすぎない。筒井が触れたいのはその内部に隠された真実の足だ。

筒井はサスペンダーを外し、ワンタッチで取り外し可能の殻に手をかけた。大腿部と膝から下の部分を分けて外すと、骨格が現われた。

慣れない人が見れば、その異様さにギョッとしてしまうだろう。黒で統一された骨格式モジュラー義足は、昔、テレビで見たロボットの足に似ていた。

カーボン樹脂製の筒状の二重ソケットが、切断された太腿をすっぽりと受け入れる形で膝まで伸びていた。そのすぐ下には関節代わりの膝継手が付いている。裏側にコイルバネと空圧式シリンダーが内蔵された金属の膝だ。

さらに、下肢骨にあたる部分にはカーボンとチタンを配合した金属の棒が伸び、足首のところでいきなり切れ、そこからリジットタイプのフット部がマネキンに似た光沢を放っていた。

筒井が試行錯誤を重ねて仕上げた最高の義肢だった。金属とマネキンの光沢を放つ代理骨格に、筒井は頬ずりする。

足部を自分の股間にあてるようにして、下肢骨に触れた。室内は二十五度に保たれているのに、そこは無機質の冷たさを伝えてくる。

バネとシリンダーの複雑な構造を持つ膝継手を、そのひとつひとつの部品を慈《いつく》しむようにして愛撫する。

ソケット部に指を移すと、ソケットが途切れる太腿の奥にもうひとつの恥部が花開いているのが見えた。ねじれたような肉の花弁がほつれ、ぬめ光るヴァギナの肉口が淫らな赤をのぞかせていた。

その視線に気づいたのか、里佳子の指が下腹部へとおりてきた。繊毛の流れ込むあたりをいったん隠した。それから、徐々に指を開いて、左右の肉萼をひろげていく。

男なら誰でもが劣情をそそられるに違いない。黒光りするカーボン筒の向こうに、鮭紅色にぬめる淫裂が誘うように口を開いている。

里佳子と視線が合った。美貌の女医は筒井の戸惑うさまを愉しんでいるのか、じっと瞳のなかを覗き込んでいる。

やがて、ほっそりした指が裂唇の縦溝に沿って、かろやかに舞いはじめた。

3

里佳子はソケット部の空気バルブを調節して、吸着式のソケットを太腿から抜き取った。

ベッドに横たわった義足は、シュルレアリストの作品のように奇抜で美しい。世界の孤独と寂寥《せきりょう》を一身に背負って、すすり泣いている。

筒井が打ち捨てられた義肢に思いを寄せていると、里佳子が言った。

「好きなのね、この足が……なんなら、一晩お貸しするわよ。恋人のように抱いて寝たら?」

「そうですね。考えておきますよ」

答えながら、筒井は動揺していた。

このモジュラー義足が完成したとき、筒井は工房で一晩をこの義肢とともに明かしたのだった。ウイスキーのグラスを掲げ、乾杯した。ソファに横たわり、美しい作品を抱いて眠った。その夜の甘美な思いが、内臓が縮むような羞恥とともに甦ってくる。

ベッドに座った里佳子が言った。

「あなたもいい職業を選んだわね。ＰＯなら義肢に何をしても怪しまれることはないものね。でも、本体のほうもかわいがってほしいものね。それとも、こんなオバサン、もう飽きた？」

「まさか……神山先生がいなかったら、僕の人生は喜びを失ったも同然ですよ」

他人はこれを歯の浮くような世辞と受け取るかもしれない。だが、事実だった。神山里佳子の存在がなければ、筒井の人生は完全に色褪せたものになることは目に見えていた。

筒井は「女神」をベッドに仰向けに倒した。乳房のふくらみからアクリル製コルセットへと静かに指をすべらせていく。

野性的に隆起した乳房も、透明コルセットで引き締まったウエストも、すべてが完璧だった。だが、ほの白い下腹部からつづく左の太腿は、付け根から二十センチほどのところで収斂《しゅうれん》して途切れている。

下肢があるべきはずのところに、無が横たわっていた。そのおぞましい欠落感が、筒井の心の奥底に潜む奇形への憧憬《しょうけい》を呼び覚ます。

里佳子が五体満足であったら、筒井はこれほどまでに彼女に夢中になっただろうか？　答えはノーだ。

一年前、筒井は初めて里佳子との同衾《どうきん》を許された。その後に、恋人の仁恵《ひとえ》とベッドをともにしたのだが、物足りなかった。何か途轍《とてつ》もないものが欠落しているように感じた。それ以来、仁恵への愛情は急速に冷めた。

筒井は下半身のほうに移動して、切断された太腿を抱えた。抜糸の痕跡などひとかけらもないきれいに治癒したそこは、ツルリとしたのっぺらぼうで妙に柔らかい。

左足を持ちあげ、断端に接吻した。

張りつめた皮膚に舌を這わせると、里佳子が激しく喘いで、身体をのけぞらせた。

この人にとって、断端部は忌まわしい記憶の倉庫であり、見せてはならない恥部であり、同時にもっとも感じる性感帯なのだろう。

筒井は左大腿の途中から、ヴァギナの淫花が妖《あや》しく咲いている光景を想った。

第二の性器をクンニされる羞恥に、里佳子は腕で顔を覆い、大きく胸を喘がせて、もう一方の手でシーツを握りしめている。

筒井は断端部の窪みの柔らかな皮膚を、唾液でべとべとになるまで舐めしゃぶった。

自分が聖域を侵している気がした。こんなことは神を冒瀆することだと思った。だが、やめられなかった。

足の間に腰を割り込ませて、媚肉を一気に貫いた。

「はうッ」と里佳子が顔をのけぞらせた。

熱い滾《たぎ》りが分身を包み込む。うねうねした肉層が蠢《うごめ》くようにして分身にからみつく。

腰を寄せながら、両手で左右の太腿の裏をつかんで腹に押しつける。二十センチしかない左の大腿部が裏を見せた。正常な右足との対比が、左足の欠落をいっそう際立たせる。

のしかかるようにして腰をつかうと、「うっ、うっ、うっ」と、里佳子が獣じみた声をあげた。この人にとって、男との交わりは苦痛でしかないのかもしれない。

地の底から湧きあがってくる凄絶な呻きに誘われるように、筒井は屹立を打ち込んでいく。

乳房が揺れている。扇状にひろがったウエーブヘアの中心で、里佳子は顔をのけぞらせている。左右に開いた手指でシーツを鷲づかみにしている。

その苦渋の姿が筒井のなかに潜むサディズムをかきたてる。

左右の太腿を押さえつけながら、渾身の力を込めて打ち据えた。それまで喘いでいた里佳子の表情がふっと変わった。

里佳子は腰をひねって挿入を外し、般若のような顔で見据えながら、のしかかってくる。

押し倒されながら、筒井は牝獣に餌として食われる自分を想像した。

いつもこうなる。里佳子は上になり、下腹部にまたがってくる。硬直を指で導いて、ヴァギナに迎え入れ、

「あうう……ッ」

と、低く呻いた。

上体を垂直に立てて、両手を筒井の腹につき、危ういバランスを取っている。左の短肢が丸い切断面を見せて、腹に乗っていた。

右足に体重を乗せて傾きそうになりながらも髪を振り乱し、腰から下に別の生き物がとり憑いたように、下腹部を前後にすべらせる。

「ぁあああ、ぁあああああ」

黒髪を振り乱し、高い鼻をのけぞらせて、さかんに腰を打ち振る。

短肢をあらわに欲望をぶつける姿は、見ようによってはグロテスクだった。しかし、完璧な美人が恥部を意識しながらも怨念《おんねん》に似た激情をあらわにする姿は、脳髄が痺れるような深い陶酔をもたらした。

里佳子は顔を上げ下げしながら、激しく腰を揺すっていたが、ばったりと前に突っ伏してきた。

「突いて。メチャクチャにして」

耳元で囁かれて、筒井は腰を跳ねあげる。両手で「女神」の腰をがっちりとつかんで、下から突きあげてやる。

と、里佳子は獣じみた声を洩らしながら、ぎゅうとしがみついてくる。この高慢な女医も「女」なのだ。この瞬間だけ、筒井は里佳子を支配した気がする。

汗みずくの乳房に貪《むさぼ》りつき、尖った乳首を吸った。舐め転がしながら、右手で切断肢に触れ、途切れた太腿を慈しんだ。

尻から撫でおろしていくと、太腿が途切れ、そこが丸く収斂している。柔らかいが、一部が角質化している切断面を愛撫しながら、乳首を転がした。

「ぁあああ、ああああう……」

里佳子は顔をのけぞらせて、腰をもぞもぞと揺する。欲しいのだ。深いところに勃起を打ち込んでほしいのだ。

願いを叶えたい。そして、この美女の体内に欲望の証《あかし》を沁みこませたい。

筒井は切断肢をつかみ、背中を抱き寄せながら、強く突きあげた。いっそう緊縮力を増した女の坩堝《るつぼ》が肉茎を放さないとばかりに締めつけてくる。

「ぁあああ、あんっ、あんっ、あんっ……ああ、イクわ」

里佳子は切羽詰まった女の声をあげて、肩口に顔を埋《うず》めてくる。

筒井は吼《ほ》えながら、腰をつづけざまに跳ねあげた。狭隘《きょうあい》な肉路をぎりぎりまでふくれあがった硬直が斜め上に向かって擦《こす》りあげて、筒井もこらえきれなくなった。

「里佳子、里佳子さん……」

「あああ、来て、来て……ぁあああ、く……ッ」

里佳子が肩を嚙んできた。歯が肉に食い込む痛みのなかで、ダメ押しとばかりに突きあげたとき、筒井も至福に包まれた。

「く、く……ッ」

歯を食いしばった。肩を突き刺してくる痛みのなかで、精液が迸《ほとばし》る快感が背筋を貫いていく。

里佳子も背中をしならせながら、がくん、がくんと痙攣している。

放出を終えたとき、里佳子が精根尽き果てたように覆いかぶさってきた。

第二章　断端

1

　安西里美の左大腿部切断手術を行なった翌日、神山里佳子は担当ナースとともに病室を訪ねた。

　白いガーゼケットをかぶせられ、ベッドに横たわっている里美は、まるで死人のようだ。それでも近づいていくと、こちらに気づいてハッとしたように顔を向けた。たった一晩のうちにこんなにもなるものなのか。昨日までのお人形さんのような艶《つや》やかな肌が窶《やつ》れ、憔悴しきっていた。眉の上で一直線に切り揃えられたボブヘアのすぐ下で、生気のない目が赤く腫れている。これだけ腫れているのは、一晩を泣き明かしたからだろう。

昨日、麻酔から覚めて左足が途中から喪失しているのを確認したときは、泣かなかったのだが……。

看護記録を見ると、夜中に麻酔と鎮痛剤が射《う》たれていた。時間が経過するにつれて、患部を襲う痛みとともに、自分がこれから背負わなければならない重い宿命が押し寄せてきたのだろう。いくら強がっていても、しょせん十七歳の少女なのだ。

完璧な美形と将来を嘱望《しょくぼう》されるチェリストの才能を天から授けられているだけに、いっそう憐みを誘う。

「昨夜は眠れなかったようね。しょうがないわね、足を切られたのだから」

さりげなく真実を突きつけると、里美の表情が曇った。どうしてそんなひどいことを言うの、という顔で唇を嚙んでいる。

里佳子はそれを無視して、ガーゼケットをめくり、切断された下肢を見た。弾力包帯で巻かれた三十センチほどの左大腿部がモノのようにベッドに載っている。

包帯をほどき、ガーゼを剝《は》がして創口を見る。手術はほぼ完璧だった。それでも、縫い目が走る断面は横にひしゃげて、出来損ないのハンドバッグのようだ。その横から二本のドレーンチューブが伸びている。容姿のすべてが天から授かった完璧なものであるだけに、その創口の醜さが際立った。

里美が不安そうにこちらをうかがっている。つぶらな瞳の奥に怯えの色が走り、抱きしめたくなるほどに愛おしい。

「いまのところは順調ね……ちょっと痛いけど、我慢するのよ」

ナースに左肢を持たせ、ドレーンチューブの周囲をガーゼで圧迫する。

「痛い！　先生、痛い！」

悲痛な声を張りあげ、下半身を突っ張らせる里美。

「溜まっている汚いものを出さないと、良くならないのよ。我慢なさい！」

きつく言って、なおも大腿部を圧迫する。

「痛い！　痛い！　痛い！」

シーツを握りしめた里美が、眉根に深い縦溝を刻んで、激しく顔を左右に振った。

ナースが言葉をかけているが、それも焼け石に水のようだ。無理もない。きっと創口を焼けた棒でかき混ぜられているような苦痛を感じていることだろう。

なおも圧迫を続けると、ドレーンチューブを伝って、汚れた赤い血とドロドロした肉の汚物が膿盆《のうぼん》にしたたり落ちた。

マヨネーズを絞りだす要領で圧迫を加えながら、里美の様子をうかがった。

里美は声を押し殺し、歯を鳴らして激痛に耐えている。この段になってもいまだ光沢を失わないボブヘアが乱れ、口許にほつれついていた。お人形さんのような整った顔が苦痛にゆがむさまが、里佳子にはたまらなく愛おしく感じられる。

「我慢なさい。こうしないと、良くならないのよ」

無理を承知で言い聞かせる。

里美は右足をジタバタさせて突っ張るので、病衣の裾がはだけて大腿部がかなり奥まで見えてしまった。はしたないのにと思うが、今の里美には気をつかう余裕などないのだ。

健康的に張りつめた大理石の円柱のような右大腿と、途中で喪失した左大腿がアンバランスでシュールだ。可哀相なほどに引きつった鼠蹊部《そけいぶ》が、たまらなくセクシーだ。地肌が透けるほどに薄く柔らかそうな繊毛の下のヴィーナスの丘と、ふっくらとした大陰唇の刻まれた縦の切れ目——。

おそらく、里美はバージンだろう。いや、そうでなくては興醒《きょうざ》めする、そして、ただやることしか頭にない男どもがここを狙っている。そんな愚劣な男どもから護《まも》れるのはこの私しかいない。

圧迫をやめてもまだ、里美はすすり泣くのをやめなかった。上半身をひねり、顔を枕に押しつけて肩を震わせている。

あふれでた涙が枕カバーを濡らすのを見ると、抱きしめて、「この痛みがあなたを変えるのよ」と言ってやりたかった。だが、ナースの前でそれはできない。ナースの存在が邪魔でならない。

若いナースが創口を消毒液で拭く間、里佳子はベッドに屈《かが》み込んで、里美の髪の乱れを直してやった。少女の汗の匂い。シルクとミルクを混ぜ合わせたような甘く透き通った汗の匂い……。里佳子の前で全裸の里美が十字架にかかっている。里佳子は縛りつけられた手のひらに、釘を打ち込んでいる。処刑に付されるキリストのように。

真っ赤な鮮血が傷口からあふれでる。

「先生！」

ナースの声が里佳子から愉しみを奪った。創口の消毒が終わったのだ。

里佳子はかるく頷き、創口に新しいガーゼをあて、その上を弾力包帯で巻く。浮腫を防ぐためにも、断端はきつく緊《し》めつけなければいけない。患部を圧迫されて痛むのか、里美が呻きながら唇を嚙んでいる。

里佳子はゆっくりと時間をかけて、断端の拘束を愉しんだ。里美にとって、この醜い創口は恥部そのもののはずだ。そしてこれからも、すべての感情が発する源泉となる。そこは血をしたたらせた心臓であり、愛蜜にまみれた性器だ。急所を鷲づかみしていることに、里佳子は無上の歓びを感じた。

処置を終え、「もう、ここはいいから」と邪魔なナースを追い返した。

ようやく、二人になることができた。開いたブラインドから射し込んだ春の暖かな陽光が、ベッドに横たわる少女の姿を白く浮かびあがらせている。

里美は顔を横に向けて、手で顔を覆っていた。ねじれた首筋の繊細なラインが美しい。左右の鎖骨は深い窪みを作り、骨にまとわりつく皮膚がエロチックだ。

襟元のゆるみから、乳房のふくらみがのぞいていた。静脈の走りが透けるほどに薄く張りつめた乳肌は、汗をかいてひめやかに濡れている。

里佳子はベッドの端に腰をおろし、ほつれた前髪を直しながら言い聞かせた。

「私も里美と同じことを体験してきたのよ。だから、あなたの苦しみも哀しさもよくわかります。あなたが早くチェロを弾けるように全力を尽くすつもりよ。だから、里美も私を信頼してちょうだい」

諭すように言うと、里美がこちらを見た。泣き腫らした目の奥に、すがりつくような感情の光芒《こうぼう》が揺れている。

「私を信頼できる？」

もう一度聞くと、里美が顎を引くようにして頷いた。視線が合った。茶色がかった光彩が煌《きらめ》いていた。澄みきった瞳の奥には何も見えなかった。純粋種の犬の目だった。悠久のエロスをたたえた深い瞳の奥に落ちていく自分を想った。少女の哀切な表情と底のない透明な瞳が、里佳子を誘った。

腰を屈め、吸い寄せられるように顔を近づけた。顔の角度を変え、ふっくらとした唇に唇を重ねた。

熱があるせいか、柔らかな唇はひび割れてカサカサしていた。

次の瞬間、「いやッ」と里美に突き放されていた。里美は両手で白衣の肩を押して、びっくりしたように目を見開いている。真意をさぐるように、瞳が動いた。

やりすぎだろうか？　いや、そうは思わない。

里美を見据えて言った。

「驚いたようね。でも、謝らないわよ。神山里佳子はこういう女なの」

「こ、こういう女って？」

里美が怪訝《けげん》な目を向ける。瞳が右往左往している。

「私は女性が好きなの」

「……レズってこと？」

「そうとも言うわね」

慈愛の目で里美を見る。

里美は打ち明けられた事実にどう対処していいのかわからないといった様子で、眉をひそめている。

「誰にでも打ち明けるわけではないのよ。私の秘密だから……ただ、里美の前では正直でいたかったの。なぜだかは推測してちょうだい……ふふっ、大丈夫よ。たとえあなたが拒んだとしても、そのことであなたへの治療がいい加減になることはありません」

里佳子はボブヘアを両手で包み込むようにして、もう一度今度は額にかるくキスをした。

眉をひそめている里美を尻目に立ちあがり、入口に向かって歩きだす。背中に刺さるような視線を感じながら、病室を出た。

白衣の裾を蹴るようにして廊下を歩いていくと、クランケが挨拶してくる。かるく会釈を返しながら、里佳子は自分の取った行動を考える。

(やりすぎだろうか? いや、そうとは思わない。あれは自然な流れだった。鉄は熱いうちに打てという。最初にこのくらいやっておいたほうがいい。それに、里美はすでに囚《とら》われの身だ。病院という牢獄に閉じ込められている。そして、看守はこの私なのだ。里美はたとえあの行為に嫌悪を感じたとしても、私を頼るしかないのだから)

2

白いスラックスタイプのユニホームを着た鵜飼隆志《うかいたかし》は、車椅子を押してリハビリ室に向かっていた。

途中で出会う患者たちが会話をやめて、何かに憑かれたように、車椅子に乗った安西里美に見入っている。もう何度もこの隻脚の少女を車椅子に乗せたが、いつも同じことが起こった。そのことを、鵜飼は誇らしく感じる。というよりも、自分が令嬢にかしずく侍従になった気がすると言ったほうがあたっている。

安西里美は不思議な魅力をたたえていた。まるで自分の周りに静謐《せいひつ》さのバリアを張っているかのように孤独を感じさせた。理学療法士としてこの病院に移って三年たつが、一人の患者にこれほど入れ込んだことはなかった。

いまも、里美は背筋を伸ばし、毅然として正面を見ている。大きめの白のTシャツにグレーのスパッツをはいていた。運動靴をはいた右足は健康的に伸びて、フットレストに置かれている。だが、切断された左足はシートの上で、弾力包帯で巻かれた断端を見せていた。

普通は切断肢を隠したがるものだ。患者にとってそこは劣等感をもたらすものであり、コンプレックスの対象だからだ。しかし、里美は一切、切断肢を隠すことはしなかった。

コンプレックスを感じていないはずはなかった。まさか露悪趣味の持ち主とも思えない。鵜飼にはそれが、この少女の精一杯の強がりに映った。そのちょっと揺さぶれば切れてしまいそうな精神の在り方を愛らしく感じるのは、すでに自分が里美の虜《とりこ》になっているせいだろうか。

車椅子を押して、二階のリハビリ室に着くと、部屋の空気が変わった。それまでリハビリに励んでいた患者たちが動きを止めて、里美を見た。鵜飼は男たちの視線にこの少女への賛美の念とともに、邪悪な性欲の炎を感じる。

人体の一部を欠落させた男性患者たちも人並みの性欲を持っている。いや、むしろ強い。コンプレックスに苛《さいな》まれている分、抑圧された性欲はゆがみ、醜悪なものとなり、捌《は》け口を求めて圧縮されている。この病院でも一年ほど前、下肢切断の男性患者が若いナースを襲うという事件があった。

そんな獣のなかで、股間をあらわにしたスパッツ姿で汗を流すのは誘惑行為に等しいのだが、そのことを里美はわかっているのか、いないのか。「こんにちは」と柔和な笑顔で挨拶をしている。

患者たちが運動を再開したのを見て、鵜飼もリハビリにかかる。里美に肩を貸して車椅子から立たせ、一段高くなったフロアに箱を置いて里美を座らせた。

その前に歩行器を固定させ、そのパイプにつかまらせて、立って座る行為を繰り返させる。健常足の衰えを防ぎ、筋力をつけるための訓練である。

里美は文句ひとつ言わずに、言われた通りに足の屈伸を繰り返す。パイプをつかんでいるとはいえ、片足で体重を支えなければいけない。スポーツで鍛えていない少女にしてみればきついはずだ。すぐに、額に汗がにじんできた。色白の肌がほんのりと赤らみ、Tシャツの胸のふくらみが弾んだ。

正面に立っている鵜飼には、グレーのスパッツに包まれた太腿と、その奥が見えた。駄目だと自制しても、どうしても視線がそこに吸い寄せられる。ぷっくりとふくらんだ肉丘に。

そのとき、女の声が聞こえた。

「もう、そのくらいにしておきなさい」

白衣をつけた女医が近づいてきて、里美を制した。神山里佳子。里美の担当医であり、鵜飼が指示を仰ぐ医師でもある。義足なのに人一倍の働きをする。それを鼻にかけているのか、いつもツンと澄ましている。それが、鵜飼には気に入らない。

女医は鵜飼を里美から遠ざけて、言った。

「まだ三日目でしょ。やりすぎよ。膝を痛めるのは目に見えている」

「まだ大丈夫ですよ。こっちも回数を数えてプラン通りにやらせているんだから。リハビリに関してはこっちに任せてほしいな」

すると、それが聞こえたのか、里美が言った。

「私、鵜飼さんを信頼しています。鵜飼さんの指示通りにするつもりです」

「そう、わかったわ。好きになさい」

女医は険しい目で里美を睨むと、背中を向けて歩いていった。だが、帰ろうとはせずに、壁に背中を凭《もた》せかけてこちらを見ている。

前から気づいていたのだが、神山里佳子と里美はどうも上手くいっていないようだ。最近は女医の言うことに里美がことごとく反抗しているらしい。

鵜飼が続けるように指示すると、里美は座ったり立ったりを繰り返した。予定していた回数を終えて、鵜飼がタオルを差し出すと、里美はそれを受け取って顔と首筋の汗を拭いた。汗ばんだTシャツが肌に張りつき、ブラジャーのラインが透きでているのを見ると、鵜飼は強い欲望を覚えた。

里美はタオルを戻し、「やろうよ」と立ちあがった。明らかに神山里佳子を意識しての言葉だった。

鵜飼は渡されたタオルを首にかけた。甘い汗の匂いが鼻孔からしのび込んでくる。二本の平行棒の間に里美を立たせ、両手でつかまらせる。そして、腕を伸ばすようにして身体を浮かせる。片足でバランスを取る訓練である。次に、腕を前について、身体を引っ張るようにして歩行練習をする。すでに何度もやっていることなので、里美は余裕をもって平行棒内での歩行をこなした。

そろそろ次の段階に進んでいいだろう。鵜飼は杖を使った歩行訓練に移ることにした。

里美にエルボークラッチの使い方を説明しながら、杖を両腕に装着させる。上端に付いた輪に腕を通して肘を固定し、途中の出っ張りを手でつかんで力が伝わるようにしたタイプの杖である。

鵜飼は自分でもうひとつのエルボークラッチを使って、歩行の見本を示した。

「できるね？　やってごらん。大丈夫だよ、補助するから。最初は大きく歩く必要はないからな」

里美が頷いた。キリリと顔をあげ、両方の杖を前に出し、そこに体重をかけて片足を前に運ぶ。鵜飼はぴたりと後ろについて、Tシャツの腰のあたりをつかんで転ばないように補助をする。

最初は恐々《こわごわ》やっていた里美だったが、運動神経がいいのかすぐにコツをつかんだとみえて、スムーズに歩きだした。十メートルほど歩き、そこでくるりと方向を変えて来た道を戻る。

先ほどから、神山里佳子が心配そうにこちらを見ているのはわかっていた。鵜飼は女医のほうに目をやった。

その瞬間だった。「あッ」という声とともに、里美が大きくバランスを崩した。杖の先がすべったのだ。とっさに鵜飼は、急速に傾きつつある身体を抱えようとした。だが、間に合わなかった。

里美はつっかい棒をいきなり取り払われたように、斜め横に倒れた。鈍い音がした。一本の杖が床をすべっていった。その瞬間、リハビリ室の空気が凍りついた。

床に奇妙な格好で倒れた隻脚の少女に折り重なるようにして、鵜飼も倒れていた。これほどのミスを犯した自分が信じられなかった。

「何をボーッとしているの！」

鋭い怒声が聞こえた。女医の白衣が視野に入った。いち早く駆けつけた里佳子が、里美の腕にからまった片方の杖を外し、「大丈夫？」と話しかけている。

3

「ごめんなさい。先生、私……」

「いいのよ」

病室のベッドで上半身を立てた里美を、里佳子は抱きしめてやった。Tシャツ越しにしなやかな身体の感触が伝わってくる。

これで、里美にもあの無能な理学療法士がいかに信用できないかが身に沁みてわかったことだろう。転倒して硬い床に打ちつけられた里美だったが、腕の打撲だけで済んだ。あの状況からすると、幸運だったと言うべきだ。

里佳子は艶やかな黒髪を撫でながら、里美に言い聞かせる。

「あの前に、無理しては駄目だと言わなかったかしら？　リハビリはいまの段階で無理すれば事故に繋《つな》がります。鵜飼はまだまだ未熟なの。あなたは主治医の意見を無視した。自分がどんなに馬鹿なことをしたか、よく考えなさい」

「でも……先生がいけないんだわ」

里美が言い返してきたのには驚いた。

「先生があんなことをするから。だから……」

「あんなことって……キスのことかしら？」

「そうです」

「いや？　あなたは私にキスされることがいやなの？」

「……そうでもありません、たぶん」

里美が言った。驚きはしなかった。この子なら、女同士の愛をわかってくれる。そんな気がしていた。

「じゃ、なぜ？」

聞くと、里美は少し考えてから言った。

「先生、男の人が嫌いなんでしょ？」

「たぶんね」

「なぜ？　どうして男の人が嫌いになったの？　最初からそうだったの？」

「なぜ、そんなことを聞くのかしら」

「……ある人から聞いたの。先生、交通事故で足をなくされたって。それで、恋人に裏切られたんでしょ？　だから、男の人を憎むようになったって」

いったい誰がこんなことを里美に告げたのか？　ＰＯの筒井の顔が頭に浮かんだ。

「ほんとなの？　先生、それで男が嫌いになったの？」

「さあ、どうかしらね」

「先生、カッコいいことおっしゃるけど、ほんとうは男の人が怖いんだわ。その足を見られて、嫌われるのが怖いんだわ。きっと、そう。だから、レズになったんだわ」

「それは違います。切断肢を見られたところで私は平気です」

「ウソよー。絶対にウソ。先生は男から逃げているのよ。私、そんな女になりたくない」

強い調子で言いながらも、里美は何かに怯えているようだった。

「……まだバージンなの。まだセックスを知らないの。先生についていったら、私、きっと男を知らないまま年老いてしまうわ。そんなの惨めすぎる」

里美の言葉に、里佳子は強いショックを受けた。だが、ここで退いてはすべてが終わる。

「それは違うわ。里美の誤解よ。それに、私は自分がこういう身体であることを恥じてはいません」

里佳子は立ちあがり、個室ベッドをU字形に囲んでいるスクリーンカーテンを閉めた。春の午後の日差しがブルーのカーテンを通して、白のシーツを青く染めた。

「何をするの？」

里美が不安げに眉をひそめた。

「あなたの認識の誤りを正すのよ」

里佳子はスラックスに手をかけた。午後の回診は終わっている。しばらくはナースも来ないはずだ。母親も朝のうちに来て帰っていった。見舞い客もいまのところ里美は断わっている。

里佳子はスラックスをおろして、足先から抜き取った。黒のパンティ以外はつけていなかった。フォームラバー製の外殻を外そうとすると、里美が言った。

「何をするの！　そんなの見たくありません」

里美には手術前に義足を見せたが、外殻だけで骨格は見せていなかった。

「あなたが、私が切断肢を恥じていると思うのは、あなた自身がそうだからです」

「私は恥じてはいないわ。いつも隠していないじゃないの」

「ウソ。あれはウソ。ほんとうのあなたは深く傷ついている。コンプレックスを抱いている。私にはわかる」

里佳子は外殻を外した。黒のカーボン製ソケットとそれに繋がる金属の下肢が露出した。

「見なさい」

強く言うと、里美が恐々と視線を向けた。その表情が凍りつくのがわかった。

里佳子はベッドに向かい、端に腰かけて里美の手を取った。震える手を導いて、ソケット部分に触れさせた。ビクッと指が退いていく。

手首をつかんで、指を膝継手の金属に押しあてた。

「これと同じものを、あなたは付けることになるのよ。醜いわね。でも、生きるためにはそんなこと言ってられないのよ」

里佳子はソケットの吸着バルブをゆるめ、モジュラー式義足を太腿から抜き取った。短くなった左大腿が姿を見せた。臀部から繋がった太腿は丸く発達している。だが途中から急速に細くなり、ツルッとしたのっぺらぼうの断端が収斂していた。

里美が顔をそむけるのを見て、言った。

「里美は私のなかに自分を見ている。私はあなたの鏡なの。いや？　こんな不具はいや？」

「いやよ、いやなのよォ！」

激しくかぶりを振る里美をベッドに押さえつけた。

「わからない子ね。いい加減になさい！」

右手が、里美の頰を張っていた。

嗚咽を洩らす里美を見ていると、急に愛しくなった。乱れた前髪からのぞく額にキスをする。揺れ動く顔中に接吻をし、最後に唇を奪った。

柔らかな唇が逃げた。顔を両側から挟みこむようにして動きを止め、もう一度唇を合わせた。

閉じ合わされた唇を舐めてやる。舌の先で唇を愛撫し、舌をこじ入れた。柔らかな肉片をとらえて舌をからませると、里美の身体から力が抜けていった。喘ぐような息づかいで胸を弾ませ、蹂躙《じゅうりん》に耐えている。

里佳子は湧きあがる情感を込めて、丹念に口腔《こうこう》を愛撫する。舌をからませ、歯茎まで舐めてやる。

里美はされるがままに、震えている。獲物に狙われた、小動物のように。これが野間久美子なら、息を喘がせてすがりついてくるところだが……。

なおも唇を奪いながら、下腹部をさぐった。スパッツの下に手を入れ、パンティの薄い布地に指を潜らせると、里美は驚いたように腰をねじった。懸命に太腿を締めるが、切断肢が弱っているためか力が弱い。

接吻しながらスリットのあたりに指を走らせると、温かな粘液があふれて指先を濡らした。やはり、感じているのだ。この子が入院してきたときから、アンテナに響くものがあった。それは間違っていなかった。

里佳子は指でラビアをかきわけるようにして、膣前庭をなぞった。上方にある陰核に触れると、鋭く呻いて、下腹を硬直させる。

指で陰核を擦ると、「あッ」という声とともに唇が逃げていった。

「感じるのね。快楽のパルスが身体中を走りまわる。ラビアが血を吸った蛭《ひる》のように丸みを帯びて硬くなっている。なぜなの？　教えてちょうだい」

責めると、里美が「ううッ」と嗚咽をこぼした。

「これでも、まだ男としたい？　男性じゃなくても、あなたの性感を開かせることはできるのよ。鵜飼のことでわかったでしょ？　あの男、いやらしい目であなたを見ていた。気づかなかったとしたら、あなたが迂闊《うかつ》だからよ」

里佳子はスパッツに手をかけて、下着とともに足先から抜き取った。

片膝を立てた里美は、手で股間を覆っていやいやをするように首を振った。

「いや……怖いの」

「誰もが最初はそう感じるものよ。あなただけじゃない。いい加減、私を信頼なさい」

里佳子は太腿の合わさる箇所に顔を寄せた。まばらな飾り毛の途切れるあたりに肉の扉が開いていた。充血のために蛭のように厚くなった花弁の間に、美しくぬめ光るピンクの膣が喘ぐような息づかいを見せている。

舌を這わすと、ピクッと鼠蹊部が引きつった。だが、里佳子は焦らすように周辺部へと舌を走らせる。切断肢の付け根から包帯で巻かれた大腿部へと舐めおろしていく。

「ああ、そこは、いやです！」

恥辱に身をよじり、突き放そうとする里美。かまわず、切断肢を抱えるようにして弾力包帯の上から舌で愛撫する。

里佳子は隻脚の身体でバランスを取りながら、左手を下腹部に伸ばしてヴァギナをもてあそぶ。そうしながら、切断肢を愛咬《あいこう》する。

「あっ……いや……あっ」

里美が身悶えして、身体をよじった。Tシャツがまくれて、すべすべの腹がのぞく。

「悪いようにはしないわ。私はあなたの何倍もの経験を積んでいるの。セックスに関しても、それからこの足に関しても。私の言うことを聞いていれば、間違いはないのよ」

里佳子は再度言い聞かせると、枕を腰の下に入れて、腰を浮かせる。そうして、左右の太腿を抱えるようにして膣口に舌を伸ばす。

ふっくらしたヴィーナスの丘の谷間に息づく処女肉は泉をあふれさせ、清廉な光沢に満ちている。ようやく此処を手に入れることができたのだと思うと、子宮が疼《うず》いた。ショーツのなかが濡れているのがわかる。

里美の愛らしい喘ぎが聞こえる。瑠璃《るり》のように色づき突出した陰核を舐めてやると、下腹がせりあがり、一段と声が高まった。

腰が左右に揺れ、太腿の付け根が引きつった。切断肢のほうの太腿までが、快楽の迸りに硬直している。

(生意気な足だわ。もうこの世には存在しないのに、快楽を貪ろうとしている)

里佳子は地下室の保管庫でホルマリン漬けになって、ガラス瓶のなかで眠っている、里美の左足のことを想った。

「あっ……うン……あッ」

里美の声が逼迫《ひっぱく》している。そろそろ、気をやるのだろう。

(いいわよ、天国に行かせてあげる)

陰核の包皮を剝いて、じかに舐めてやった。色づいた真珠がふくらみ、次の瞬間、獣じみた声がこぼれ下腹がせりあがった。快楽のさざ波が全身に及び、それから緊張の糸がほどけたように腰が落ちた。

(さあ、これであなたは私から逃れることはできないわよ)

顔をあげて、里美を見た。顔の筋肉を弛緩させた里美は、安らかな眠りについているようだ。

(かわいいわよ、里美。あなたは誰にも渡さない)

里佳子は切断肢を引きずるようにして、ベッドを移動し、汗でほつれついた前髪をかきわけて、額にかるくキスをした。

第三章　処女

1

筒井浩二はリハビリ室で、安西里美の義足による歩行訓練を進めていた。

最近では抜糸が済むとすぐに仮義足を作り、歩行訓練をするのが主流になっている。筋肉の拘縮を防ぎ、早期に歩くためのバランスを身体に刻み込むためである。

本来ならギプスを使って仮義足を作るのだが、里美の場合は二重ソケットを使った本格的な義足を作った。断端が完全成熟するまでには断面の形も変わっていく。それを補うために、内側のソケットに大量のシリコンを用いて、可変性のあるものにした。断端の変化に従って小まめな加工は必要だが、その行為が筒井には苦にならないだろうという気がしている。

「あまり振りあげすぎるなよ。そうそう、それでいい。ゆっくりと」

声をかけると、里美は「わかりました」とでも言うように頷いた。

平行棒をつかんでバランスを取りながら、前に三歩進む。その後で今度は後ろに三歩戻る。

転倒の経験があるだけに、慎重になっているようだ。まだ義肢に体重を預けるのが怖いのか、歩き方はギクシャクしている。それでも懸命に歩こうとしている。もともと物事に一生懸命になるたちなのだろう。そうでなければ、チェロのコンクールで入賞するなどできないはずだ。

光沢のあるボブヘアからのぞく首筋にうっすらと汗の粒が光っていた。ショートパンツからは黒のカーボン製のソケットと、それに繋がる金属の膝継手と下肢部分が伸びている。

フット部に履かれた運動靴が、見る者にどうしても違和感を与えてしまうのは仕方がないところだ。そもそも、この美少女の太腿からロボットの足が伸びていること自体が異様な光景なのだから。

初期屈曲角と内転角の静的アライメントの調節はしてあった。だが、少し伸びあがり歩行が見られる。たぶんソケットのなかで切断肢がピストン運動しているのだろう。シリコンの量を少し増やす必要がありそうだ。

「いいよ、今日はこのへんにしておこうか。少しゆるいようだから、後で調節しておくよ」

まだやり足らなそうな顔をしている里美を腰かけさせて、義足を外しにかかる。今日で歩行訓練は三度目だが、そのたびに湧きあがる、この切なさの渦はどこから来るのか？

筒井はこの少女の前にひれ伏したかった。そして、これまで自分が犯してきた数々の罪を懺悔したかった。少女は頭を撫でながら言うだろう。「いいのよ、許してあげます」と。

この感情がどこから来るのか、理解できない。聖母マリアに相応《ふさわ》しい年齢の女性ならわかるが、相手はまだ十七歳の少女なのだ。それとも、これは穢れなき処女崇拝の現われなのだろうか？

「どうしたの、筒井さん？」

里美が不思議そうに顔を傾《かし》げて覗き込んでくる。

「いや、何でもない」

筒井は止めていた手を動かして、義足を太腿から抜き取った。ショートパンツから顔を出した左足は、浮腫を防ぐために弾力包帯できつく巻かれている。右足はすらりと健康的に伸びているのに、左足は三十センチほどのところで途切れている。そのアンバランスさが憐れであり、妙に煽情的だった。

里美に肩を貸して車椅子に座らせると、それまで様子を見守っていた理学療法士の鵜飼が近づいてきて、車椅子のグリップを握った。病室に戻ろうとすると、里美が言った。

「筒井さんと散歩したいんです。いいですか?」

「筒井さんはこれから義足の調節があるから無理だな。散歩なら、俺がつきあうよ」

理学療法士としてのプライドを傷つけられたのか、鵜飼が言い張った。

「私は、筒井さんがいいんです」

その頑とした様子に、鵜飼が困ったような顔をしてこちらを見た。

「いいですよ。どうせ、今日はこれで終わりですから。じゃあ、ここで待っていてくれるかな。こいつをギプス室に持っていって、すぐに戻ってくるから」

そう言って、筒井は義足を抱え廊下を急いだ。

階段を駆けあがり、ギプス室に義足を置くと、休む間もなく階段を降りていく。

（何をやってるんだ、俺は……）

まるで恋人を待たせているような自分のあわてぶりに、筒井は苦笑したくなる。

リハビリ室に着くと、鵜飼がさかんに何事か里美に話しかけていた。転倒の事故があってから、鵜飼は里美から邪険にされていたので、その失点を挽回したくてしょうがないのだ。いずれにしろ、これで筒井と鵜飼の関係はギクシャクするだろう。この少女のお蔭でチームワークが微妙に乱れている。

筒井は車椅子を押して、一階に降りた。待合室になっているロビーの客が、里美の姿を見て、一様に驚いた表情を浮かべている。里美は切断肢を隠そうとしないので、こんな若いきれいな女の子が片足をなくしているという現実に、彼らはショックを隠しきれないのだ。

病院前のスロープを降りて、林へ続く散歩道を押していった。このS大学付属病院の広大な敷地内には看護婦寮が建てられていて、その間に緑の美しい林がある。

車椅子用のゆるやかな道を押していくと、里美が声をかけてくる。

「筒井さん、里佳子先生のこと、どう思います？」

「……いいドクターだと思うよ」

「そういうことじゃないの、聞きたいのは」

「どういうこと？」

「女としての里佳子先生のこと」

「……美人だし、憧れちゃうな。あんな先生となら一度でいいからデートしたいね」

「ふふっ、筒井さんって、意外とタフな人なのね。もっと、純情な人かと思ってた」

「おいおい、聞き捨てならないな。どういうことだよ？」

車椅子を停めて聞くと、里美が振り向いて言った。

「筒井さん、里佳子先生のいい人なんでしょ。いいのよ、隠さなくても。里佳子先生がそうおっしゃってたわ」

「神山先生が？　ほんとかな？」

「ほんとうよ……否定しないってことは、やっぱりそうなんだ」

筒井は車椅子を押しながら、いまの言葉の意味を考える。里佳子が二人の関係を洩らしたとは思えないが、しかし、里美と里佳子は特殊な関係にあるから、いちがいにハッタリと決めつけることはできない。

「筒井さんは、先生の足があんなになっていても、平気なの？」

「これは仮定の話だと思って聞いてほしいんだけど……たとえ、ベッドのなかで義肢を見せられても僕は全然平気だ。むしろ、興奮するかもしれない。何しろ僕は義足フエチだからね」

冗談めかして言うと、里美が微笑むのがわかった。

「ふふっ、そうか。だから、こういうお仕事をしているんだ」

「そう取ってもらってもけっこうだよ」

「里佳子先生、いい人を見つけたわね」

「だけど、たとえそれが事実だとしても、彼女は男を本気で愛することはないんじゃないかな」

「そう、かしら?」

「ああ、たぶんね」

しばらくすると、前方の林のなかに、屋根付きの休憩所が見えた。スロープを昇り、あずまやの日陰に車椅子を据えた。林のなかには所々に色彩が浮かび、春の装いを見せている。

春の風に黒髪をそよがせた里美が、少し離れたところにある樹木を指して聞いた。

「あれは、何という木なの?」

十メートルほどの高さで、いたるところに乳白色の大輪が立つように咲いていた。

「ハクモクレンだと思うよ」

たしか中国から伝わった花で、高貴な花として貴族階級から愛された花木である。

「私、あの花、好き」

「僕も好きだよ。少なくとも桜よりはいい」

「……どんな香りがするのかしら」

筒井はその場を離れると、手が届くところの花を枝の部分から折って、それを里美に渡した。

里美は拳のように立った花を顔に近づけて、高い鼻をひくつかせた。

「甘いけど、上品な香りがする。里佳子先生みたいね。そう思わない？」

「さあ、どうかな」

ハクモクレンの花は、少女のしなやかな指のなかでいっそう艶《なま》めかしさを増したように見えた。だが、この花も散って地面に落ちればすぐに変色し、一転して醜くなることを筒井は知っている。

「あれ、何かしら？」

里美が指さした下草の間に、ピンク色をしたものが転がっていた。筒井は近づいて手に取る。ピンクのカラーボールだった。たぶん子供がボール遊びをして、そのまま放置されていたのだろう。

柔らかなボールを持ってきて、里美に見せた。

受け取った里美はそれを興味深げに眺めていたが、やがて、指の間からカラーボールが落ち、スロープを転がっていった。

筒井は反射的に転がるボールを追っていき、つかんだ。戻って渡すと、里美はしばらくそれを眺めていたが、パッと指を放した。ボールはふたたび坂道を転がっていく。

「取ってきて」

里美が言った。

「えっ?」

「取ってきて」

筒井は急いでボールを追い、スロープの下で止まりかけているボールをつかんだ。

(いったい、どういうつもりなのか?)

どう見ても、わざと落としたようにしか見えなかったのだが……。不可解に思いつつも、柔らかなボールを里美に渡した。すると、里美はまた同じことを繰り返した。

転がり落ちていくピンクの球体を視野の片隅にとらえながら、里美を見た。

「取ってきて」

里美はまた同じ言葉を繰り返した。大きな瞳が、筒井の反応を確かめるように、真っ直ぐに向けられる。

（どういうことだ？　俺をからかっているのか？）

だが、言葉にはならなかった。「大人をからかうものじゃない」そう叱りつける代わりに筒井は、スロープの下に落ちているボールを追った。拾って戻ってきて、ボールを手渡すべきかどうか迷っていると里美が言った。

「怒らないのね。どうして？」

「……どうしてって、言われてもな」

「筒井さん、里美に同情してる。こんな若いのに足をなくしてって憐れんでいるんだわ。だから、こんなことをされても言いなりになっているんだわ。そうなんでしょ」

「そういう言い方はよしなさい」

「だって、事実じゃないの」

「違う」

「じゃあ、なぜなの？」

筒井はその理由に気づいていた。それは僕がきみの我が儘を聞くことに悦びを感じているからだ――。

「犬みたいね、筒井さんって」

里美がぽつりと言った。

「……犬?」

「そう、犬よ」

里美はボールをもぎ取ると、それを林のなかに投げ込んだ。ピンクの色が弾みながら、下草のなかに消えた。

「取ってきて。筒井さんは犬なんでしょ。飼い主の言うことを聞かなくては駄目じゃないの」

困惑した。小学生の頃に女王様格の女の子に苛《いじ》められて、その前で泣いたことがあった。筒井はそのときのことを思い出していた。

少女の持つ残酷さの一面をかいま見た気がする。追いかけて下草のなかからボールを拾ってくれば、惨めさが募るだろう。だが、しなければ、里美はもう二度と筒井を振り向いてはくれないのではないか? 鵜飼のように。

(相手はたかが十七歳の小娘ではないか。なのに、俺はなぜこれほどまでにも追いつめられているのだろう)

筒井が突っ立ったままでいると、人の気配がした。振り向くと、初老の男がこちらに近づいてくるところだった。

小柄で痩せていた。猛禽類を思わせる険しい顔をしているが、シミと皺が凝集して押し寄せる老醜の影は覆い隠せない。

スロープをあがってきた男が、里美の姿を認めて微笑んだ。剥き出しの切断肢に視線が落ち、やさしげな笑みが一転してこわばる。

「先生……！」

里美が声をあげた。

「ようやく見つかったよ。詰所を訪ねたら、ここじゃないかって言うんでね……そちらの方は？」

筒井が、義肢装具士の筒井ですと自己紹介すると、男はチェロの教師をしている高浜イオリだと名乗った。

里美が高名なチェリストに師事していることは聞いていたが、想像していたよりずっと小柄で歳を取っていることに驚いた。

高浜は大儀そうに長椅子に腰をおろした。いやな沈黙が続いた。

「私は失礼しますので。しばらくしたら、迎えに来ますから」

筒井は里美の目を見て言った。二人はしばらく会っていなかったはずである。チェロの教師と教え子であれば募る話もあるだろう。

「あの……」

「何だい？」

「いえ……必ず迎えに来てくださいね」

「わかってるよ。では、少しの間、よろしくお願いします」

高浜が頷くのを見て、筒井はあずまやを後にした。スロープを降りて振り返る。二人はいまだに話をしていなかった。二人は上手くいってないのではないか……そんな気がしたが、筒井が首を突っ込むことではなかった。

2

深夜の整形外科病棟はナースステーションで深夜勤のナースが数人、看護記録をつけているだけで、怖いほどに静まり返っていた。

病棟のセンターに位置するナースステーションから離れた最東端の三〇八号室では、神山里佳子が里美の切断肢をマッサージしている。

今夜、里佳子は当直だった。里美にはあらかじめ「行くから」と告げてあった。里美は顔を伏せただけだったが、内心で期待していることは、このところの愛撫への反

ーツがのぞいていた。ショーツ

応でわかっていた。

最初のうちは反抗的な態度を取っていたのに、抵抗が無駄だとわかったせいか、このところやけに従順だ。そのことが嬉しい。いずれにしろあと数カ月で、この子は退院する。それまでにしっかりと愛情の証を刻み込んでおかなければいけない。

「どう、痛みは？ 少しは軽くなった？」

柔らかな断端面を指で揉みながら聞いた。里美はこのところ幻肢痛に悩まされていた。消滅した左足の親指のあたりがジンジンするという。

「ええ、だいぶ……」

「誰もが経験することなのよ。私もそうだった。人間っておかしな生き物よね。ないはずの場所が痛むのだから」

里佳子は断端を見た。

抜糸痕が残るそこは、以前は三味線のバチのように横に開いていたのだが、その角が取れ、丸みを帯びてきていた。浮腫が取れ、皮下組織が萎縮《いしゅく》して円錐形に整うには、まだまだ時間がかかる。そうなったときには、この子は退院する。そう思うと、焦りに似た気持ちが募った。

まくれあがった病衣の裾から、オフホワイトのショーツがのぞいていた。ショーツに手をかけて脱がした。里美は抗《あらが》うことをしないで、じっとこちらを見ている。純粋種の目がベッドランプの明かりを反射して光っていた。

里佳子はゆっくりと医師用白衣のボタンを外す。なかには下着さえつけていなかった。装着しているのは、アクリルの透明コルセットだけで、それに繋がった黒繻子《くろじゅす》のサスペンダーで黒のストッキングを吊っている。左足はフォームラバーで偽装していた。

白衣を脱ぐと、里美の表情が一瞬、驚きのそれに変わった。

ベッドにあがり、覆いかぶさるようにして左足を里美の足の間に入れた。弾力あふれる大腿部がギュッと閉じられる。ベッドランプに里美の人形のような顔が浮かびあがっていた。眉の上で、一直線に切り揃えられた前髪が跳ね、額が出て、いっそう愛らしい。

不思議な子だと思う。あるときは大人びた落ちついた表情を見せる。ゾッとするほどに冷たい光が瞳の奥に宿っているときがある。そのくせ、あどけなさが残る天使のような面も見せる。そのどれが、里美の本当の顔なのか？　おそらく、そのどれもが彼女なのだろう。

さらさらのボブヘアを撫でながら、キスしようとして顔を近づけても、里美は目を閉じようとしない。

鼻がぶつからないように顔を斜めにして、唇を重ねた。処女の唇はなぜこんなにも柔らかいのか？　この世界で処女の唇ほどに官能的な感触を持ったものが他にあるとは思えない。ついばむようなキスからディープなキスへと移っていく。

舌を入れても、里美は拒まない。甘い息が顔にかかる。舌をからめながら、左手を病衣の襟元からしのばせて、乳房をつかんだ。

温かかった。しっとりとしたなめらかな乳肌が、指に吸いついてくる。表面は柔らかいが、強くつかむと強い弾力で指を押し返してくる。トップの小さな蕾を指で挟んで転がすと、初めて反応があった。

「ううン」と喘いで、甘い吐息をこぼす。舌に力がこもり、自分から舌を求めてくる。

（いい子ね、そうよ、それでいいの。ようやく同性愛の歓びに目覚めたようね）

口腔の粘膜を舐めまわすうちに、細いがよくしなる身体がうねりだした。

里佳子は左手をすべらせて、下腹部をとらえた。薄い繊毛の奥に泉があふれていた。ぴったりと閉じた肉萼をこじ開けるようにしてぬめりを愛撫する。

およそ性的に無縁そうな少女でも、こうすれば処女地は準備のための泉をあふれさせる。上方の肉芽を刺激してやると、合わせた唇の間から、甘い吐息が洩れた。

フォームラバーの足に圧迫を感じて、下半身に目をやった。乳白色の大腿部がうねっていた。里美は押し入ったフォームラバーの義肢に足をからめていた。左右の大腿部を交互に擦りつけるようにして、義肢のソケット部に下腹部を押しつけている。三十センチもない太腿が、官能の昂《たかぶ》りそのままに開いたり閉じたりするさまが、憐れでエロチックだ。

「何をしているの？」

いたぶってやる。里美がハッとしたように動きを止めた。

「ごめんなさい」

里美が怯えた目をする。その許しを請う表情がたまらない。

「あなたは私のこの足が好きなのね。いいわ、かわいがってちょうだい」

里住子はベッドに上体を立て、足を投げ出すように座った。かるく膝を曲げ、「足を舐めなさい」と命じると、里美が困った顔をする。

「早くなさい。その前に、それを脱いで」

目を見据えて言う。

里美は唇を噛みながらも、病衣を肩から抜き取った。

伸びやかなラインが薄明かりに白々と浮かびあがり、まるでポール・デルヴォーが描く裸婦のようだ。里佳子はこのベルギー生まれのシュルレアリストの描く、裸婦が夢遊病者のようにたたずむ涅槃《ねはん》の空間が好きだった。

里美は彼が描く少女に似ていた。片足がないせいか、死のエロスが襲いかかる気配がいっそう匂い立つ気がする。

里美は這うようにして、里佳子の左足に覆いかぶさった。右足に体重をかけて、危ういバランスを取りながら手でフォームラバーを愛撫し、頬ずりする。

里佳子のなかで、いまだに続く幻肢が、かって存在した左足の感覚を甦らせ、疼くような情感がうねりあがってくる。

二つの月が重なったような丸い双臀と切れ込みが、欲情をそそった。冷たい指が黒のストッキングを撫であげ、やがて、息づくヴァギナへと届く。

足をひろげ膝を立てて、里美の顔を迎え入れた。唾液を分泌した舌が敏感な箇所をなぞりあげてくる。秘めやかな情感の迸りを感じて、里佳子は小さく喘いだ。顔をのけぞらせて、里美の顔を秘所に押しつける。

——Ich mag dich, Satomi.

ドイツ語で「あなたのことが好きよ、里美」と語りかけ、片手を後ろについてバランスを取りながら下腹部を突きあげた。

里美の舌づかいはまだ稚拙だが、下手な分、情熱が感じられて、愛しさが募る。疼きに似た性の昂揚に、腰が揺れた。

「いいわ、こっちにいらっしゃい」

里佳子は足を開いて、その間に里美を後ろ向きに座らせた。男女の体位で言うと、後ろからの座位の格好である。

腋の下から手を入れて、胸のふくらみに触れた。さほど大きくはないが、形のいい乳房を下から揉みあげ、乳首の周囲に指を遊ばせる。さらに片手を下腹部に伸ばして、繊毛の奥をさぐると、里美は押し殺した声をあげ、ガクンと頭を後ろに反らせた。

里佳子は赤ん坊のようにきめ細かな里美の肌を撫でさすりながら、耳元で囁く。

「こうしていると、とても幸せだわ。里美もそうよね」

「……はい」

「マスタベーションしてるの？　病院でも」

唐突に聞くと、里美が侮蔑的な視線を送ってきた。

「あなたの年頃で、マスタベーションしないほうが異常よ。してるんでしょ？　答えなさい」

里美は押し黙っている。

答えられないということは、自慰に耽《ふけ》っているということだ。

「誰を想像しているの？　相手は私？　それとも、男？」

「答えたくありません」

「そう……いいわ。これからは、私のことを思ってなさいね。試してみようか。マスタベーションなさい」

——Hol es dir!

訓練士が調教すべき犬にするように目で殺す。

睨みつけたまま、里美の右手を下腹部に持っていく。ためらっている里美を叱咤すると、長い指が舞いはじめた。

「いや、こんなこと、いやよッ」

そう駄々をこねながらも、細いが強靭《きょうじん》なチェリストの指は淡い繊毛の奥にしのびこみ、スリットに沿って波打つ。

「うン、ううンン」と声をしのばせて、里美は前屈みになる。立ち膝で開いた右足が内側へ絞りこまれ、左の切断肢の鼠蹊部が引きつっている。

指づかいが激しさを増し、上体がのけぞった。かわいらしく喘いで、背中を預けてくる。せわしない息をこぼし、腰をよじる。洗髪されたボブヘアがシャンプーの甘い香りをまき散らして、鼻先をくすぐる。

「ああ、できない」

とうとう弱音を吐いて、里美は指の動きを止めた。

「しょうがない子ね」

里佳子は背後から右手を伸ばして、太腿の奥をさぐった。

あふれかえるバルトリン腺液が指を濡らす。潤みの全体を丹念に愛撫し、それぞれの肉萼を挟むようにして刺激を与える。

指を挿入してもいいが、それはやらなかった。世の男性には大きな誤解があって、処女膜は指の二本くらい挿入しても破れるものではない。というより、もともと処女膜には穴が開いている。

中央に向かうにつれて薄くなったフリル状の膜のセンターには、数ミリの開口部があって、そこから経血が流れでるのだ。そんなこともわからず、処女、処女と騒ぎ立てる男性諸氏は笑止千万というところだ。

「うン、あッ」と哀切な声を洩らして、切なそうに身体をよじる里美。

まとわりつく肉片をかきわけ、上方の肉芽を二本の指で挟むようにして、周辺からバイブレーションを与える。里美の気配が変わり、湧きあがる情感の昂りをどうしていいのかわからないといった様子で、身悶えしている。

「里美は私のものよ。誰にも渡さない。そのことを忘れないで」

耳たぶをしゃぶり、肉芽の刺激を続けると、里美が短い声をあげて、昇りつめるのがわかった。

3

絶頂を極めて横たわっている里美の顔はあどけないほどに愛らしい。里佳子は乱れた黒髪を直してやりながら、話しかける。

「ねえ、里美。里美はまだ、チェロの練習を始めないの?」

病室の一角に目をやった。そこには、マホガニー色のケースにおさまったチェロが立てかけてあった。三日前に高浜イオリが初めて見舞いに訪れたのだが、そのときに、チェロを持ってきていた。

たとえチェロの演奏であっても病院では安静の妨げになる。病室ではまずいが、S大学附属病院には心療内科があって、音楽療法をする部屋が設けられている。防音壁になっており、そこでならチェロの練習を許可してあった。だが、里美にはいっこうにチェロを弾く気配はない。

「長時間は困るけれど、弾いてもかまわないのよ。あなたにはいいリハビリになると思うのだけれど」

「そのうち、始めます」

そうは言うものの、里美にはやる気が感じられない。

「諦めたわけではないわね。たとえ義足であっても、チェロは弾けるはずでしょ」

里美がこちらを向いた。その目にうっすらと涙の膜がかかっている。

「わかってないのよ、先生は」

「どういうこと？」

「いいんです。このことについては、口を出さないでください」

「そういうわけにはいかないわ。私は里美がリハビリに頑張っているのは、チェロを弾けるようになるためだと思っていた。そうでないとすれば、考えをあらためなければいけないわね」

沈黙が続いた。重苦しい空気を破るように里美が口を開いた。

「高浜がいやなんです」

「……どういうこと？」

高浜の名前が出て、里佳子は驚いた。

「高浜はおかしいの。あの人、おかしいんだわ」

「それだけではわからないわ。話して、きちんと話しなさい」

里美は言葉を選ぶようにして、ぽつりぽつりと話しだした。

里美は四歳からバイオリンを始めたが、十歳になってチェロに転向した。バイオリンの高音が耳についていやだったのだという。もともと才能に恵まれていた里美は、ついていた教師から高浜イオリを紹介された。

現役のチェリストとしてはそろそろ下降線をたどっていた高浜が、若手の養成に力を入れはじめた時期と重なったこともあって、里美は高浜に見込まれて、厳しい指導を受けた。

だが、しばらくして、里美はその愛情がチェリストとしての自分に注がれているのではないことに気づいた。高浜は少女愛者だった。大人の女を愛することのできない男だった。

高浜の周囲には若く美しい女性ばかりが集められたが、そのなかでも年少の里美への寵愛は度を超えていた。高浜は指導と称して、里美の身体に触れた。里美も最初は偶然かと思っていた。それでも、高浜の指が胸元からすべりこんできたとき、里美は師の異常に気づいた。

少女たちが大きすぎるチェロを足を開いて支えるとき、高浜はそれをどんな気持ちで眺めているのか？　それを思うとゾッとした。

けれども、高浜は高名なチェリストであったし、その門下生をやめることはチェリストとしての道を断たれるに等しかった。それに高浜は身体に触れるだけで、それ以上のことはしなかった。だから、我慢してついてきた。

そして、里美は骨肉腫を患い、片足を切断した。そのことによって、高浜の愛情が冷めるのかと思った。しかし、そうではなかった。

「この前、高浜が来たでしょ。あのとき、あの人はいやらしい目で私の足を見ていた。きっとエッチなことを考えていたんだわ。その後で私の前にしゃがんで、左足にキスしようとしたのよ。先生ならいいの、何をされても。でも、あの人は許せない」

「そう……知らなかったわ。ごめんね」

そう言って、里佳子は里美を抱きしめた。抱き心地のいいしなやかな身体の震えを感じながら、高浜イオリの顔を思い浮かべた。

（あの男……!!）

殺意にも似た怒りが、全身を満たした。

第四章　誘惑

1

神山里佳子は、車椅子に里美を乗せて音楽室へと向かっていた。

あれから、再三、里美にチェロの練習を始めるように説得して、里美がようやくチェロのケースを開けたのが一週間前。初めは主治医に言われて仕方なく弓を握っていた様子だったが、やはり、楽器を弾くという行為自体が好きなのだろう。いまでは、自分から進んで音楽室へと向かうようになった。

この隻脚の十七歳の少女が、この先、長い人生を送っていくためには、何か自分を支えてくれるものが必要だ。里佳子が整形外科医になることを心の支えとしたように。

それほど、片足を失うということは絶望的なことなのだ。正常人が安穏《あんのん》として人生を送るのとは訳が違う。よほど強い意志の力がなければ、悲惨な人生が待っている。

遅かれ早かれ、里美がチェロの師匠である高浜イオリと衝突することは目に見えていた。里佳子としても、いずれ高浜とは決着をつけるつもりでいる。そのときまでに、里美がいかに大きなパワーを蓄えることができるか。それができなければ、この少女は高浜に潰されるだろう。

天使の羽根をもぎとられ、地に落ちる。地面にはくだらない日常に身をやつした地獄の住人たちがその足を引っ張ろうと手を伸ばして待ち構えている。そうならないためにも、里美にはもっとパワーをつけてほしい。

心療内科がある西病棟の奥まったところに音楽室があった。ユング派の医師が患者に芸術療法を施すために病院側に造らせた部屋である。なかに入って、防音ドアを閉め、内鍵をかける。

アップライトのピアノが置いてあり、演奏用の椅子が弧を描いて並べてある。その防音壁には患者が描いた奇妙な絵画がかかっていた。

夜の海辺に一本の木が真っ直ぐに伸びている。海には金魚が泳ぎ、空には月がかかっている。そして空中に開いた窓には、太陽が輝いていた。

里佳子はこの絵画を見て、この患者がもう少しテクニックがあればシュルレアリストの画家として通用するのにと思った。精神病者と芸術家と呼ばれる種族の間には、いったいどんな差異が存在するのか？　もっとも、里美はこの絵画には辛辣《しんらつ》だった。彼女はこれを見て一言、「いやらしい絵ね」と吐き捨てた。

里美は車椅子を降りると、一人で歩いて楽器の保管室に向かった。演奏用の衣装をつけていた。ノースリーブの黒の裾の長いワンピースが、すらりとした体型にはよく似合う。裾から除く黒のカーボン製の仮義足の下肢と赤のローヒールが完璧な美を異様なものへと変えている。

歩き方はまだギクシャクしていた。だが、大きなチェロのケースを一人で抱えて、歩行できるまでになっていた。

これも、筒井の献身的な仕事ぶりのお蔭だった。筒井は毎日、里美の義足に修正を加えるばかりか、歩行訓練につきあっている。筒井のこんな熱心な仕事ぶりを見るのは初めてだった。よほど里美のことが気に入ったのだろう。ゾッコンと言っていい。だが、筒井なら許せる。筒井は里佳子の一部なのだから。

今日も筒井はもう少ししたら、ここへ来ることになっていた。

里美はマホガニー色のケースから、愛用のチェロを取り出し、椅子に座った。エンドピンの長さを調節して、床に置く。

耳をそばだててペグをまわし、調弦している。ちょっと眉をひそめた真剣な表情が抱きしめたくなるほどに愛おしい。

四本の弦の調節を終えて、弓に松脂《まつやに》を塗りはじめた。柔らかな弓毛をすべらせて万遍なく松脂を塗っていく。こういうときの里美は寡黙だ。寡黙であるときの里美はいっそう清廉な美に満ちている。

準備を終えた里美がこちらを見た。

「始めますね……先生、そこに座っていらして」

そう言って、マホガニー色の大きな楽器を抱え込んだ。左足に手を添え、苦労して開く。右の足を開き、チェロの胴体をかるく挟むようにして、弓を持つ右手の肘を張る。

通常、チェロの胴体の尖ったあたりが左膝の内側にかるく触れる。だが、現在のところ左足の義足は骨組みだけで外殻をかぶせていないので、違和感はあるだろう。

再開してすぐの頃は、「やはり、無理よ」と駄々をこねた。チェロは全身を使って弾くものだ。左足が自分のものでないことが、ままならない齟齬《そご》感を生んだのだ。それでも、この一週間で身体のバランスを会得したようで、いまは愚痴をこぼすことはない。

やがて、右手に持たれた弓が静かに動きだした。穏やかなメロディが流れだす。耳に心地のいい導入部。メンデルスゾーンの「無言歌ニ長調op・一〇九」だ。里美がこのところ練習していた曲である。メンデルスゾーンが「言葉のない歌曲」として残した小品で遺作になったものだ。死を覚悟してなお、これだけの穏やかさを保っていられることのすごさを思った。

品のいい節度の保たれたメロディが音楽室を満たす。背筋を伸ばし、チェロを抱え込むようにして弾く里美の姿は静謐な高貴さにあふれている。

里美の身体が旋律そのままにゆるやかに揺れはじめた。やがて、流れが徐々に激しくなるにつれて、直角に張られた右肘が忙しく動き、身体が大きく揺れだした。

女性がチェロを弾くということは、それ自体がエロチックなことだと思う。いくら楽器で隠れているとはいえ、聴衆の前でこんなに大きく足を開いているのだから。

曲の情感が高まるにつれ、里美の腰から下にも血が通いだす。開いていた右足が前に出され、チェロを足で挟みこむようなことをする。それが無意識の動作であることはわかっている。だが、里佳子にはそれがまるで、セックスの際に里美が正面から挑む男の腰に足をからませているように見える。

自分がチェロになりたいと思った。自分にペニスがあれば、インサートしてよがらせてやるのに……。里美は悩ましい声をあげ、私の腰に足をからませてくるだろう。うねるようなメロディが鎮静化し、透明感のある落ちついたものへと変わっていく。目を瞑《つぶ》る。チェロが奏でる音はアルファ波を生み、心地よい興奮状態をもたらすという。

夢想のなかで、里佳子はチェロのように里美を足の間に挟み、たおやかな曲線を描く裸身を愛撫している。

敏感な乳首はA線だろうか。高い音を出すA線から、D線に移弦する。ほっそりとくびれたウエストから、さらに重低音を響かせるG線へと指を移す。

里美にとってのG線はやはり、ヴァギナだろうか。そこで、里佳子はバッハの「G線上のアリア」を弾く。里美は清い愛蜜をこぼし、悦びの声を洩らすことだろう。

あふれかえる愛液を、女のC線たるアヌスへとなすりつけると、その低く重厚な性感の兆しに、里美は身悶えすることだろう。

ふと気づくと、音がやんでいた。まだ曲は終わっていないはずだ。驚いて目を開けると、里美がこちらをじっと見ていた。

「先生、こちらにいらして」

唇が動いた。里佳子は椅子から立ちあがり、里美の横で腰を屈めた。

「キスして」

里美が、ネックを左肩に置いた姿勢で言う。

「えっ？」

「いいから、キスして」

里佳子は顔を両側から挟むようにして、額にチュッと接吻する。

「それじゃ、駄目。口にして」

黒光りするボブヘアに包まれた顔が、言いだしたら聞かない頑固さに満ちていた。

「わかったわ」

里佳子はチェロを避けるようにして、顔を近づけ唇を奪った。

軽いキスからディープな口づけへと誘い込まれる。舌を入れると、里美は喘ぐような息づかいで舌をからめてくる。

あり余る情念の昂りをぶつけるようにして、舌を貪ってくる。こんな里美は初めてだった。

戦いに似たキスを終えると、里美が弓を持った右手で里佳子の身体を抱えるようにして言った。

「先生が欲しい」

「えっ?」

「チェロを弾いていると、先生が欲しくなる」

そう訴える里美の瞳が、妖しく潤んでいる。

「私、前から時々、チェロを弾いた後にあそこがおかしくなってた。お腹のあたりがむずむずしてた。この一週間、それがずっと続いているの。こんなことはなかったのに……きっと、先生がいらっしゃるからだわ」

「そう……」

里佳子はやさしい目で、里美の告白を受け止める。

自分でチェロを弾いたことはないが、里美の言うことはわかる。

里佳子自身、先程から子宮が疼いていた。詳しくはわからないが、チェロの比較的低い音域と弦の振動は、下半身に共鳴するのかもしれない。聴いているだけでもそうなのだから、それを身体に接して弾いていれば子宮での共鳴はもっと深くなることだろう。

里佳子はチェロをつかんで、床に横たえた。

それから、チェロの代わりに、里美の開いたままの足の間に身体を割り込ませる。

「先生もあなたと同じよ。あなたの演奏を聞いていると、こうしたくなる」

両膝をつき、胸のふくらみに顔を埋めて、強く抱きしめた。

よくしなる身体を愛撫しながら、背中のジッパーに指をかける。「駄目」と拒む里美の意志を無視してジッパーを引きおろし、黒のワンピースを肩から脱がせていく。

色白の胸元がのぞき、黒のハーフブラが悩ましい胸のふくらみを持ちあげているのが見えた。ワンピースを引きおろしていくと、里美が腰を浮かせてそれを助けた。

裾の長いスカートを苦労して足先から抜き取る。

目の前に現われた光景に、里佳子はハッと息を呑む。

黒の総レースの下着がほっそりしたウエストを締めつけていた。ブラジャーとコルセットが一体化したニッパーガードルのような下着である。下半身に目を移すと、黒のガーターベルトが右足の太腿までのストッキングを吊っていた。

パンティははいていなかった。柔らかな繊毛がまばらに生える女の秘苑がのぞいている。

左足がカーボンの光沢を放つ機械の足なので、一種異様な痙攣的な美がそこには現出していた。

「先生の真似をしたのよ」

里美が目のなかを覗き込んでくる。自分の下した英断を里佳子がどう思っているかさぐるような目だ。

「よく似合う。素敵よ」

里佳子はそう答え、里美を見あげた。目尻がスッと切れあがった目に安堵の色が浮かぶ。

おそらく今日、こうなることを予感して、こんな大胆な下着をつけてきたのだろう。そんな里美の気持ちを思うと、期待に応えてやらなければと思う。

ハーフブラで持ちあがったこぼれそうな乳房をつかんだ。里美が「あッ」と声を洩らして、顔を後ろにのけぞらせた。

乳首が見えそうな乳房にキスをする。甘美な胸の谷間にもキスを浴びせ、徐々に下へとおろしていく。

シルクタッチのコルセットのすべすべした感触。だが、その下に少女の肉体を護るものは存在しない。ガーターベルトが縦に走る下腹から大腿部の内側は乳白色の薄い皮膚に包まれ、わずかに血管の蒼さが透けでている。

里佳子は右足を持ちあげるようにして、内腿にキスをする。

「あッ……」

愛らしい声をあふれさせた里美は、手を突っ張らせて里佳子の動きを封じようとする。その手を振り払うようにして、舌を鼠蹊部に這わせると、

「いや、いや、いや」

里美が顔を左右に振った。

それでも、言葉とは裏腹に処女地はそれとわかるほどに聖なる泉をあふれさせている。

腰を前に突き出させておいて、ぬめ光る愛液を舌で拭い取りながら、右手で左足を愛撫する。体温を持った鼠蹊部から、すぐに冷たい金属の丸みへと指がすべる。じかに太腿に触れているわけではない。それでもカーボン製のソケットを撫でると、幻肢の作用からか、里美は大きく顔をのけぞらせて内腿を痙攣させた。

ラビアがふくらみ、硬くなっている。ぴったりと閉じていた肉萼がひろがり、内部のぬめ光る膣前庭がせりだしてくる。そこに舌を這わすと、里美は喘ぐような息づかいとともに右足を里佳子の腰にからめてくる。

2

里美がエクスタシーへの階段を昇りはじめた頃、ドアをノックする音がした。

「大丈夫よ、筒井だから。筒井にはすべて話してあるから、隠す必要はないのよ……でも、これじゃあ、あんまりね」

里佳子は床に置いてあったチェロを里美に持たせると、

「あなたは何も言わなくていいのよ。私の言う通りになさい。わかったわね」

そう言い聞かせながら、義肢装具士の白いユニホームをつけた筒井を室内に入れる。

この状態を見て、筒井の頭には何が去来しているのか？　だが、そんなことはどうでもいい。支配者たらんとする者は決して狼狽の素振りを見せてはいけない。それが鉄則だ。

「里美、さっきの続きを弾いてちょうだい」

命じると、里美が眉をひそめた。

「いや？　その格好でチェロを弾くのはいやなの？」

「いえ……」

里美の視線が、筒井に移った。

「大丈夫よ。筒井は……理由はあなたにもわかるわね」

里美はちらっと筒井に目をやった。それから、マホガニー色の光沢を放つ楽器のネックを左肩に抱え、指盤に指を置いた。

目を閉じ、精神統一をはかる。それから静かに右手が動き、弓の毛で擦られた弦が美しい音を弾きだす。

心のなかは乱れに乱れているはずだ。なのに、「無言歌」の導入部にはいささかの狂いもない。

里佳子は椅子に腰をおろすと、筒井を手招いた。ひざまずかせ、右足を椅子の座面に置いて、足をひろげる。

いつものようにサスペンダーで大腿部までのストッキングを吊っていた。下着はつけていない。カモフラージュ用のフォームラバーの義肢をつけていた。

「筒井！」

命じると、筒井がスカートのなかに顔を埋めた。曲げた右足の内腿に舌を這わせ、少しずつ付け根へと舐めあげてくる。

里佳子はスカートのなかに右手を入れ、ヴァギナに触れた。愛蜜をあふれさせた、あさましい恥肉を指でなぞった。なぞりながら、左手で白衣をはだけ、ブラウスのボタンを外す。

ブラジャーの裏側へ指をすべりこませ、じかに乳房をつかんだ。

目を閉じたくなるのをこらえて、里美を見た。

里美は何を考えているのかわからない、人形のような冷たい目をしていた。

それでも右肘を張って、弓をすべらせている。何を見ても関係ないといった様子で、指盤に置いた指を巧みに移動させ、指を震わせてビブラートをかける。

ストッキングに包まれた右足がチェロを抱え込むようにしている。マホガニー色の光沢あふれる楽器の横に、金属のロボットの左足が見えた。膝継手の部分が胴体の尖ったところに触れている。

黒の下着姿で大きな楽器を足の間に抱えてチェロを弾く少女。

それだけでも充分にエロチックだった。だが、この完璧な美少女の左足には無機質な金属の足がついている。その違和感が悲惨さと紙一重の凄絶なエロスの神を降誕させるのはなぜだろうか？

美とは何だろう？　官能とは何だろう？　醜悪さを内包した美こそ、本当の美ではないのか。そして、傷や恥部を抱えた美こそ、より深い官能を有しているのではないのか。

粘っこい肉片がヴァギナに届いた。疼くような官能の昂りに里佳子は目を閉じる。ゆるやかで決して神経を逆撫ですることのない情感豊かな旋律が、身体の深いところで共鳴している。

里佳子はブラジャーの下の乳房を荒々しく揉みしだきながら、下腹部をせりだす。微熱を帯びた乳肌が疼いた。ヴァギナからあふれた夥《おびただ》しい愛液は椅子の座面を汚していることだろう。

いま、里佳子は完全な女であった。決して胎児を宿すことはないだろう子宮があさましく収縮している。

性感の昂りそのままに、チェロの音もうねり、激しくなっていく。

目を開けると、里美はそれが愛しい男性であるかのようにチェロを抱え込んでいた。身体を揺らせ、指のポジションを変え、弓をすべらせている。里佳子はチェロという楽器に強い嫉妬をおぼえた。この少女にとって、チェロは男性そのものなのかもしれない。

いや、狂熱のなかで演奏に没頭する里美は男性的でさえある。とすれば、この少女に抱え込まれた楽器は女性なのか？

そのとき、里美がふいに演奏をやめた。

「できない!」

そう叫んで、暗い目を里佳子に向けた。

それから、弦をでたらめに弾いた。不協和音が狂ったように響き、里佳子は思わず耳を覆う。

「やめなさい!」

里佳子は近づいていき、里美の顔面を平手で張った。

里美はハッとしたように顔をあげて、里佳子を見た。

「私は、先生の奴隷ではないわ。先生の言いなりにはならない!」

そう言う唇が細かく震えている。

「惨めだわ。惨めなことは大嫌い!」

ボブヘアに包まれた顔が、蒼白に変わっていた。

「惨めなことが大嫌い? 何を言っているの。あなたは片足を失ってしまったのよ。どんなにプライドを持って生きても、あなたの人生には惨めさがつきまとうの。私だって、そうなのよ。惨めさを取り込んで生きるしかないの。お嬢ちゃんのくだらないプライドは捨ててしまいなさい!」

「いや！　絶対にいやよ！」

「好きになさい！」

里佳子は吐きすてて、足早にドアに向かう。ドアを後ろ手に閉めた直後、後悔の念に似た思いが込みあげてきた。

あんなに従順だった里美が、いきなり楯を突いたことがショックで、短気を起こしてしまった。

あんな状態の里美と筒井を二人きりにしたのはまずい気がする。だが、いまさら戻ることはできない。

しばらく音楽室の前を徘徊《はいかい》した里佳子は、後ろ髪を引かれる思いで整形外科病棟へと向かった。

3

「筒井さん、来て。こちらに来て」

背後から里美の声を聞いて、筒井が振り向くと、肌をあらわにした里美がこちらを険しい表情で睨んでいた。

見てはいけないものを見た気がして、筒井は目を伏せる。視線を落としつつも、里美に近づいていく。

「これを片づけて」

乱暴な口ぶりで、里美がチェロを差し出した。一直線に切り揃えられた前髪のすぐ下で、言いだしたら聞かない頑固な目が強い光を放っていた。

筒井はチェロを受け取って、エンドピンを引っ込ませ、ケースに入れる。こんな大きな楽器なのに、意外に軽いのに驚いた。

「こっちに来て」

ふたたび里美が声を荒らげた。筒井は立ちあがり、里美の前まで歩く。

「ここに、ひざまずいて」

びっくりして、里美を見た。

「ひざまずくのよ。先生の前ではやっていたじゃないの。惨めに言いなりになってたじゃないの。里美の前ではできないわけ?」

返す言葉もなかった。里美は怒っているのだ。筒井の惨めな姿を見て、そこに自分自身を投影させたのかもしれない。

だが、筒井はこの美少女の言いなりになることが嫌いではない。むしろ快感であった。筒井は里美の正面で両膝をついた。

目の前に、足を開いて座る隻脚の少女の驕慢《きょうまん》な姿があった。心が震えた。身体の深いところから何か爆発的な情動がせりあがってくる。

「足を舐めて！」

命令が下された。筒井が右足を持とうとすると、

「そっちじゃない！　あなたは義足が好きなんでしょ。こっちよ」

里美が右手に持った弓で、左足を叩いた。弓の背側のスティックが、金属にあたる乾いた音がする。

筒井はためらいを感じた。里佳子がいない間にこんなことをしてもいいのだろうか？

だが、この美少女の義肢を愛玩したいという強い欲望には勝てなかった。

筒井はSACHと呼ばれる足部をつかんで赤のローヒールに接吻する。この足部は足関節にあたる部分が動かない。仮義足のうちはこのほうが安定感がある。しかし踵《かかと》にはクッション素材が使われていて、それが沈み込むことによって踏み返しができる仕組みになっている。

感触から言えば、マネキンの足に似ていた。その光沢感のある足に赤のローヒール

が履かれているさまは、筒井を異形の世界へと誘おうとする。

エナメルの赤い靴に舌を這わせ、頰ずりする。慈しみながら、もう一方の手で下肢の骨格部分を撫でさする。自分が丹誠込めて作ったカーボン製の義肢である。冷たい金属の感触が、筒井を夢見心地にさせる。

「へんな人ね。こんなことがいいの？」

里美の声が降ってくる。

「ああ、いいんだ……」

そう答える声がかすれた。

「そうみたいね……こんなになってるもの」

里美が右手に持った弓の先で、筒井のズボンの股間を突いた。そこはいやになるほどにふくれあがっていた。

「脱いでみて……ズボンを脱ぐのよ、決まってるでしょ」

里美の切れ長の目が妖しく輝いている。

筒井は言われた通りにズボンを脱ぎ、ブリーフもおろした。美少女の前で下半身をさらす快感でペニスが下腹を打った。

「いいわ、続けて」

筒井はふたたびひざまずき、義足を愛撫する。徐々に上へと移り、コイルバネが仕込んである膝継手から、ゆるやかな円錐形をなすソケット部へと舐めあげていく。

ソケットが途切れる下腹には、使用目的を失ったサスペンダーがだらりと垂れていた。そして、ミルクを溶かしこんだように白い腹部の下方には、ぷっくりとした肉丘が閉じ合わさって未知の領域を隠している。

筒井がそこに舌を伸ばしていいものかどうか迷っていると、里美が下腹部を大胆に突き出して、言った。

「いいわよ、舐めて」

ためらうことはなかった。筒井は慎重に顔を寄せた。恥毛のあたりに舌を走らせると、ビクッと震えて下腹部が逃げていく。

筒井は下から両腿を抱え込むようにして、そこに唇を押しつけた。下腹部を引き寄せ、舌全体を使って柔らかな肉の帳《とばり》を舐めあげ、舐めさげる。

愛らしい声をあげて、両手で頭を突き放そうとする里美。

おそらく男性にクンニされるのは初めてなのだろう。弓が手から離れて床に落ちた。

その手で筒井の髪の毛をギュッとつかんで、上体をのけぞらせている。

潤みに満ちた肉の狭間《はざま》に舌を這わせていると、髪をつかんでいた指が離れた。

下腹部を前に突き出し、のけぞるようにして後ろ手に背もたれをつかみ、もう一方の手の指を嚙んで、声が出るのをこらえている。

スリットの上方で息づく肉芽にキスをすると、里美の身体が跳ねた。

「ああッ、そこ、いや……」

かまわずクリットを舌で突き、こねまわす。里美がそれを避けるように腰を引き、上体を起こした。

そのまま前に屈むようにして、右手を股間に伸ばしてくる。エレクトしきったペニスを汗ばんだ指が握ってくる。ぎこちないやり方で、肉茎をしごきながら言った。

「ねえ、して……」

悪魔の囁きだった。

筒井は全身の血が暴れまわるのを感じた。

「して……ねえ」

里美はもう一度繰り返した。震える声で囁きながら、ぎこちない手つきで勃起を擦っている。

「いいのか？」

聞くと、里美は小さく頷いた。

様々な思いが、脳裏をよぎった。一介の義肢装具士が患者とセックスするなど許されることではない。里佳子もこんな行為を絶対に許さないだろう。里美は里佳子の女なのだから。

だが、答えは最初から出ていた。人生のなかには何度か危険な橋を渡らなければならないときがある。いまがそうだった。

筒井は、里美の手を引いて椅子から立ちあがらせた。

肩を貸して、壁際まで連れていく。防音壁に里美を押しつけた。可哀相だが、仕方がなかった。硬い床よりはましだ。

黒の下着をつけた里美は、高貴さと娼婦性を混在させ、黒光りするボブヘアが神秘性を加えていた。

うつむいていた顔をあげさせ、唇を奪った。

里美は情感の堰《せき》が切れたかのように、情熱的に舌をからめてくる。筒井は柔らかな肉片をもてあそびながら、右手で太腿の奥をさぐった。

水のようだった愛液がぬめりを増し、肉襞が指にまとわりついてくる。

完璧な美少女であっても、欲情するのだ。ねっとりした愛液を垂れ流し、男を求めてくる。そのことに、筒井は強い興奮を覚えた。

キスをやめて、右手で里美の左足を持ちあげた。大腿部にぴったりと吸着したソケットから膝継手にかけての部分をつかみ、腰のあたりまで持ちあげる。

腰を落として、処女地にペニスをあてがった。

里美は逃げたくなるのをこらえでもするように、顔をそむけている。

ぬめりの中心をさぐりあて、慎重に腰を入れていく。

まとわりつく肉層をこじ開ける。狭隘なとば口をシンボルが押しひろげた次の瞬間、シンボルがそこに道をつけていき、

「あうううッ……！」

里美が苦悶に顔をしかめて、しがみついてくる。両手を筒井の首の後ろと背中にまわして、こうしていないと崩れ落ちてしまうとでもいうように抱きついてくる。

筒井は上体を反らせ、下腹部を前に突き出すようにして深いところに屹立を潜らせた。

里美が顔を跳ねあげて、低く呻いた。ロストバージンの痛みに耐えているのか、眉根を寄せて懸命に歯を食いしばっている。

「大丈夫か？」

聞くと、里美は小さく頷いて筒井を見た。

吸い込まれそうな透明な瞳の奥に、何か得体の知れないものが煌めいていた。

瞳の奥でじっと息を潜めているものの正体をつかめないまま、腰を動かした。窮屈な肉路が収縮しながら、分身を締めつける。

「うッ、うッ」と里美はつらそうに呻き、ますます強くしがみついてくる。

開通したばかりの肉路がざわめきながら分身にからみつく。湧きあがる快美感にせきたてられるように、速いピッチで突きあげた。すると、どこかで「ギィ、ギィ」と何かが軋む音がする。

見ると、義足の膝から下の骨格が振り子のように揺れていた。膝継手が不気味な音を立てて鳴っているのだった。

「あッ、うン……あッ、ああァァ」

里美が首の後ろにしがみついたまま、顎を大きくせりあげた。立っていられないといった様子で腰を落としかける。

黒髪を乱し、真っ白な喉元をのぞかせて、ひっしとしがみついている。

少女の哀切な声と義足の軋みを聞きながら、筒井も天国と地獄が交差する地点へと駆けあがっていった。

第五章　折檻

1

「先生。井沢《いざわ》さん、かなり副作用が出ていますが、どうなさいますか？」

「赤血球沈降速度《ESR》は、どう？」

「正常値です」

「たしか、Ｃ反応性蛋白《CRP》も陰性だったわね。それなら、もう少し与薬を続けて様子を見ましょう」

ナースステーションで、里佳子は主任ナースと軟部腫瘍の患者に対する処置の打ち合わせをしながら、ガラス越しに廊下を行き来する人影に注意を払っていた。

音楽治療室からの二人の帰りが遅すぎた。臆病者の筒井のことだから、まさか自分を裏切ることはないだろう。だが、わからない。

黒い誘惑的な下着姿でチェロを抱えた美少女を、男が放っておけるだろうか？　それに、筒井は義足フェチだ。いまの里美は筒井にとって、最高の欲望の喚起装置たりうるはずだ。義肢に頬ずりするくらいなら、許してもいい。だが、それ以上のことは駄目だ。

音楽治療室で、里美は自分がのけ者にされたと強く感じたに違いない。他人の快楽に利用されること、つまり、自分が道具にされることにまだ慣れていないのだ。「惨めさ」のなかに快楽を見いださなければ、良い奴隷にはなれないのに。そのことが、里美にはまだわかっていない。

まだ若く、プライドが高いのだから、しょうがないのかもしれない。しかしだからといって、私に楯突くことは絶対に許されることではない。里美の挑みかかるような目がいまだに網膜に焼きついている。あの挑戦的な目には問題がある。

そんなことを考えながら、カルテをめくっていると、ガラスの向こうに二人が現われた。車椅子を押している筒井とガラス越しに目が合った。その瞬間、筒井の目に怯えに似た感情が走るのを見て、いやな予感が脳裏をかすめた。

「ちょっと、失礼」

そう言って、ナースステーションを後にした。二人を足早に追う。

車椅子が三〇八号室に入るのを見届けて、自分も病室に入る。二人がハッとしたようにこちらを振り向いた。いやらしい目をしていた。秘密の情事を発見された男女の目に見えた。

「遅かったわね」

さぐりを入れると、筒井が「そうですか」ととぼけた答えを返した。苛立《いらだ》ちを覚え、

「こんな時間まで、いったい何をしていたの！」

自然に言葉づかいが荒くなった。だが、筒井は答えない。その曖昧な態度が、里佳子に苛立ちと不安を募らせた。

「どうして答えないの。答えられないようなことをしていたの」

筒井に詰問すると、代わりに里美が口を開いた。

「私たち、やったの」

何を言っているのか、すぐには理解できなかった。

「……セックス」

里美が短く言った。

「えッ……？」

「もうバージンじゃないの」

車椅子に座った里美が、里佳子を正面から見た。切れ長の目の奥に、強い意志が居すわっている。

「ほんとうなの、筒井？」

「……すみません」

筒井が目を伏せた。

気がついたときは、右手が動いていた。左頰が乾いた音を立てて鳴り、筒井がよろけた。

「叱らないで。筒井さんを叱らないで」

里美が声を張りあげた。

「私がそうしてって頼んだのよ……だから、筒井さんを叱らないで」

切り揃えられた前髪のすぐ下で、純粋種の目が強い眼光を放っている。

怒りが込みあげてきた。唇が震えた。何てことをしてくれたのか。取り返しがつかない。筒井の醜悪なペニスが、里美の清らかな処女地を踏みにじったのだ。

絶望感に似た痛切な思いが込みあげてくる。なぜこの子は、バージンの清い身体のまま私の愛奴になるという素晴らしいプランをわかってくれないのか。

経験者の言うことを聞いていれば、すべてが上手くいくというのに、人はそれに楯突く。未熟を振りかざして、それを自立することだと勘違いする。

やはり、この子も下劣な男とのセックスに安住の地を見いだそうとする悲しい常識人なのだろうか？　いや、そうは思わない。

きっと私への反抗が原因でこんな馬鹿げたことをしてしまったのだろう。さもなければ、ロストバージンしたことをこんなに勝ち誇ったように告げるわけがない。それならば、まだ可能性はある。

「私、先生のこと、好きです。感謝しています。先生が私を愛してくださっているのもわかってる。でも、言いなりにはならない。私は先生の玩具じゃないもの」

里美が陳腐な言葉を吐いた。性がどんなものであるかを知らない青い言葉だ。

やはり、教育が足らなかったようだ。里美を少し甘やかしすぎたのかもしれない。

安西里美を輝かせることができるのは、筒井ではない。この私なのだ。私だけがこの隻脚の少女を育ててあげることができる。そのことを、はっきりと認識させなければ。

里佳子は無言で車椅子の後ろにまわると、車椅子のグリップをつかんだ。

「残念ながら、あなたは間違っている。そのことをわからせてあげる」

里佳子は車椅子のブレーキを外して、乱暴に発進させた。黄色い悲鳴をあげた里美が、アームレストをギュッと握りしめた。

2

病棟の廊下で車椅子を押していくと、松葉杖をついたりギプスを嵌めた男性患者が、こちらにチラチラと視線を投げる。いったいうちの入院患者の何人が、里美に不埒《ふらち》な性的欲望を抱いていることか。それを思うと、気分が悪い。

ガラス張りのナースステーションの前を通りすぎるとき、若いナースがこちらに不安げな視線を投げた。野間久美子だった。久美子は私と里美との関係に気づいている。まさか私を一人占めできるとは思っていないだろうが、それでも、何らかの対策をこうじる必要がありそうだ。

詰所を過ぎてしばらくすると、水まわりの設備が集まった場所がある。特別浴室の前で立ち止まる。残念ながら使用中だった。湯沸室《ゆわかししつ》の隣にある一般浴室にまわった。幸いにして空いていた。里美も運のない子だ。

車椅子を押して、入室する。

「何をするの？」と不安げな表情をする里美を、「いいから、黙りなさい」と叱責しておいて、脱衣所で里美の着衣を脱がしにかかる。

黒のワンピースをゆるめ、車椅子から立たせて抜き取った。黒の総レースのハーフブラで持ちあげられた乳房のふくらみが、浅い胸の谷間を作っている。このいやらしい下着をつけたまま、筒井のペニスを受け入れたのだと思うと、下着をズタズタに引き裂きたくなる。

ニッパーガードルをゆるめ、脱がした。

里美ははかない抵抗を示すが、義足ではたかが知れている。

生まれたままの姿に剝かれた里美は、片手で胸のふくらみを覆い、もう一方の手で股間を隠した。デルヴォーの描いた女のように色が白い。すらりとした均整の取れた体つきをしている。左足が、大腿部の途中から金属の骨組みになっているのが憐れであり、同時にいやらしい。

「どうするの？　お風呂に入るの？」

里美が聞いてくる。

この段になって、お風呂に入れてもらえるなどと考えるとは笑止千万だ。やはり、甘ちゃんだ。

「あなたはこれから、自分がしたことの責任を取るの」

そう答えを返し、腰を屈める。里美の左足ソケットの吸着式バルブの空気を抜き、カーボン製の義足を外した。弾性包帯で巻かれた切断肢が姿を見せる。

里佳子の肩に手を置いた里美は、案山子《かかし》のように一本足になり、倒れそうになる身体を懸命に支えている。

「あなたは間違ったことをした。過ちを犯した者は、それなりの報いを受けなくてはいけないの」

里佳子は立ちあがり、片足で立った里美を肩につかまらせてバスルームへと誘導した。要所にパイプの手摺《てすり》が設置された広めのバスルームである。

腕を外すと、里美は転倒するのが怖いのか、床にしゃがみこんだ。タイル張りの床に横座りになって、怯えた目を向ける。

どんなに強がっても、しょせん、器具の力を借りなければ立つことさえできないのだ。絶望した女のようにうずくまるその姿が里佳子の心をかきたてた。

里佳子は上方にかかっていたシャワーのヘッドをつかんで、コックをまわした。冷水が噴き出して、タイルに跳ねた。温度調節の必要はないだろう。いまの里美には、温水は贅沢というものだ。

床に跳ねた飛沫《しぶき》をよけながら、里美が怯えた目をする。

冷水の噴き出るヘッドを里美に向けると、すぐに悲鳴がこぼれた。

「いやァ！　冷たい」

里美は斜め上から噴きかかるシャワーを両手で防ぎながら、不自由な足でいざっていく。浴室のコーナーに追いつめられ、絶望的な顔をする。

ヘッドを向けると、防ぎきれなくなった細かい水の粒が黒髪を打ち、白い裸身へと降りかかる。

「いや、いや、いや」

両手で顔を覆い、顔を左右に振る里美。

容赦なく降りかかる迸りを受け、黒髪が水浸しになった。雨垂れのようにしたたった水の流れが、乳白色にふくらんだ乳房に幾筋にも分かれて伝い落ちる。生意気に尖った乳首が、水流のなかで透き通るようなピンクにぬめ光り、白い乳肌と清冽《せいれつ》なコントラストを見せる。若く張りつめた肌はそこに油でも塗っているかのように水滴を弾き、そのことが里佳子を嫉妬させた。

やがて、里美の身体が震えはじめた。まだ春先だ。きっと氷水を浴びせられたように感じているることだろう。

里美は長い睫毛に水滴を付着させた、ずぶ濡れの顔で、歯をカチカチ噛み合わせ、両手で肩を包み込むようにして震えている。

（冷たいわね。冷水が肌を刺すわね。でも、こんなのはまだ序の口よ）

里佳子はシャワーヘッドを置いて、左足の弾性包帯に手をかけた。里美が「何をするの？」という顔で里佳子を見る。浮腫を防ぐためにきつく緊められた包帯をほどくと、断端が姿を見せた。

里佳子が五週間前に切断した大腿部は、順調な回復を見せて以前よりは丸みを帯びていた。それでも、抜糸痕はまだはっきりと残っており、映画に出てくるフランケンシュタインのような醜い縫い痕が憐れを誘う。

切断肢に手を伸ばして開こうとすると、里美が抗った。関節可動域《ROM》訓練で大腿筋を鍛えているせいか、意外に力が強い。力を込めると、ようやく足が開いた。

二十数センチしかない左大腿部と正常な右足との間で形成される壊れたコンパスの接点に、穢されたばかりの恥肉が息づいていた。

そぼ濡れた薄い繊毛が張りつくヴィーナスの丘は、まるで赤子のそれのように清楚なたたずまいを見せ、男の侵入を許したばかりだとはとても思えない。

その清廉な姿が、里佳子の無念さをかきたてた。

筒井の放った精液はそのほとんどが粘膜に吸収されていることだろう。だが、いまからでも遅くはない。残ったおぞましい体液はかきださなければいけない。

足を開かせておいて、ヘッドを向ける。噴き出した冷水がまともにヴァギナを打った。里美が悲鳴とともに、股間を手で押さえる。

「その手をどかして！」

「いや、いや、いや」

言うことを聞かない里美に業を煮やし、里美の両腕を背後にねじりあげた。タイルに落ちていた弾性包帯を使って、手首を後ろ手にくりあげる。

「こんなことをなさったら、私、先生のこと、嫌いになってしまう。ほんとうよ」

後ろ手にくくられた里美が、浴室の壁に背中を凭せかけるようにして、そぼ濡れた顔を向ける。

「嫌われてもけっこうよ。先生が憎ければ、憎みなさい」

そう言って、里佳子は壊れたコンパスをひろげる。正常肢をつかんでひろげさせ、股間に飛沫を浴びせた。

悲鳴を噴きこぼしながら里美は、唯一自由になる切断肢を内側へ絞りこむ。先が収斂した短肢が開いたり閉じたりを繰り返す。その日常ではありえない奇妙な動きが滑稽だった。

強い飛沫が、男に穢された聖なる肉を洗い清めていく。だが、これだけでは不十分だ。里佳子はヴィーナスの丘に指をあて、中指を曲げてさぐった。H字形の窪みに中指をねじこんだ。

「痛い……先生、痛い！」

里美がすくみあがり、顔をしかめた。

「お前の汚れた場所を洗ってあげてるんじゃないの。我慢なさい」

指を根元まで挿入して、内部をさぐった。狭い入口が痙攣を起こしたように、指を締めつけてくる。この指がペニスであったら、どれだけ素晴らしいことだろう。こういう形でしか繋がることのできない身体の構造が疎ましい。

狭隘な肉層を攪拌《かくはん》すると、里美が「くくッ」と歯を食いしばった。ずぶ濡れになったボブヘアが乱れ、赤みを増した繊細な頬にほつれつき、被虐の美しさがにじむ。里佳子はたっぷりと被虐美を堪能した。

それから、次のステップに移った。膣から指を抜いて、里美の裸身を抱きよせた。手首をくくっていた包帯をほどいてやる。黒髪を撫でながら、一転して優しい口調で言い聞かせる。

「あなたが憎くてこんなことをしているんじゃないの。先生はあなたのことが大好き。いつも、あなたのことを思っている……嘘じゃないのよ。だから、里美も先生を信頼して、ついてきてほしいの。いま、里美が必要なのは筒井じゃないでしょ。この私なの。わかるわね」

そう言って、ずぶ濡れの黒髪を撫で、裸身を抱きしめる。

「あなたが筒井のことを何とも思っていないことはわかっているのよ。こうなったのも、私への反発からだもの。里美はいま、私への反抗期……時期が過ぎれば、あなたにも私の取った行動の意味が理解できます。だから、これ以上、先生を苦しめるような真似はしないで、お願い」

濡れた髪を撫でてやると、里美が嗚咽をこぼしはじめた。白衣の胸に顔を埋め、肩を震わせてすすり泣いている。

「いい子ね。先生も悪かったわ」

背中を撫でると、すべすべのはずの肌が寒さのために粟立っていた。

両膝をついた姿勢で、里美の顔を両側から挟むようにして正面を向かせる。

プールに長く入りすぎた子供のように唇が蒼白になり、カチカチと歯が鳴っている。

顔を近づけて、唇を奪った。ヒンヤリした唇を包み込み、舐めてやる。充分に愛玩してから、震えの止まらない唇の間に舌をすべらせた。

舌をさぐりあて、からませる。怯えたように震える舌をもてあそびながら、のしかかるようにして里美を仰向けに倒した。

舌をからませながら、乳房に手を伸ばす。寒さのためか乳房は硬く引き締まっていた。だが、隆起の頂《いただき》はいやらしくしこっている。

熟れる前の青い果実を揉みあげ、トップを指でかわいがる。

里美が舌を逃がし、腕を突っぱねて里佳子を突き放そうとする。だが、それが最後の抵抗であることはわかっていた。乳房への愛撫を続けると、里美の身体から力が抜けるのがわかる。舌をさぐると、里美は一転して自分から舌を求めてくる。

里美の行動に満足し、舌の根が痺れるほどに吸ってやる。すると、里美が下から抱きついてきた。拙いながらも情熱的に舌をからませながら、喘ぐような息をこぼす。

里佳子は接吻を受け止めながら、右手を下腹部に伸ばした。柔らかな繊毛が濡れて張りついたヴィーナスの丘。深く切れた渓谷の上部の突起をとらえ、指でかるく刺激する。

「うふッ」と里美がくぐもった声を洩らし、腰をよじった。

(そうら、感じるじゃないの。あなたには男のペニスなんか必要ないの)

勃起した肉芽をいたぶりつづけると、里美はキスしていられなくなったのか、唇を離した。顔をのけぞらせ、嗚咽のような声をこぼす。

(お前を逃がしはしない)

里佳子は乳房を愛撫しながら、クリットを攻めた。ようやく温かみを取り戻した乳肌を愛撫し、生意気にせりだした乳首を吸った。

「うン、うン……ああ、いやよ」

里美が泣き声をあげ、どうしたらいいのかわからないといった様子で手を彷徨《さまよ》わせる。

あと一息でこの子は落ちる。

プッシーの溝をなぞり、莢におさまった肉芽をくすぐるように刺激する。

「ああ、うン、うッ……あぁンンン」

里美が逼迫した声をこぼした。見ると、切断肢が官能の昂りそのままに、開いたり閉じたりしている。ギユッとよじりあわされ、次の瞬間、あさましく開く。

(イキたいのね。いいのよ。イキなさい)

裸身を撫でさすり、肉芽への愛撫を強めると、灰白い下腹部がせりあがった。

短くなった切断肢を開いて、情感の昂りそのままに、下腹部を持ちあげている。

（そうよ、それでいいの）

他の者には決して見せないだろうそのあらわな行為が、里佳子を歓喜させた。

愛撫を続けると、里美はくぐもった声をこぼして、両足を突っぱねた。獣じみた声を放ち、纖細な顎を突きあげる。

（それでいいの。汚辱のなかで絶頂を極めることが、あなたを成長させる）

里佳子は立ちあがると、バスタブの蓋を開けてお湯の温度を確かめた。冷えきった里美を温めてやるためだった。

3

野間久美子はベッドに仰向けになった安西里美の後頭部にかるく左手を添えて固定すると、濡れタオルで顔を拭いてやる。

安西里美はこの三日ほど風邪を引いて熱があった。里佳子先生がいけないのだ。たぶん、浴室でこの子を苛めたのだろう。自分にも経験があるからわかる。

ちょっとだけ先生に逆らったら、よほど虫の居所が悪かったのか、冷水を浴びせられて罵倒されたらしい。先生は普段はやさしいが、機嫌を損ねると怖い。何があったのか知らないが、この子も先生の機嫌を損ねるようなことをしたのだろう。いい気味だ。

後から来て、私から先生を奪おうとしているのだから、身勝手というものだ。

それにしても、この子はきれいだ。

久美子は顔面を拭く手を止めて、美しい造作に見入る。

並の美人ではない。そのへんの美人と言われる人とは、次元が違う。悔しいが、先生がこの子に入れ込んでいるのもわかる。こうして清拭《せいしき》をしていても、芸術品を扱っている気がする。大切にしてあげたいという気持ちと、ぶち壊してしまいたいという気持ちが同居するのは、この子が私の恋敵だからだろうか？

しかし、先生も意地悪な人だ。この私に恋敵の監視を命じられたのだから。三日前に、この子の担当ナースを言い渡された。

へんな虫がつかないように、監視していなさいと言われた。ＰＯの筒井にはとくに注意するようにとも言われている。筒井さんと何かあったのかもしれない。もっとも、この三日間は、この子は寝込んでいて義足をつけていないから、筒井さんを監視する手間は省けた。

早くしないと、婦長に怒られる。

顔面の清拭を終えた久美子が、上肢の清拭に移ると、里美が話しかけてきた。

「男みたいな腕でしょ」

「そう？　そうは思わないけど……」

「チェロを長いこと弾いていると、こうなってしまうの。弓を持つとき、どうしても腕を張るから……肩なんか、盛りあがっちゃってるでしょ。演奏会はノースリーブを着ることが多いんだけど、私、ほんとうはノースリーブを着るの、恥ずかしいの」

気に食わなかった。そんなのはお嬢様の悩みだ。

「贅沢な悩みね。他の人が聞いたら、怒るわよ」

言うと、里美が押し黙った。

つんと澄ましているように見えるが、案外傷つきやすいのかもしれない。

腕をあげさせ、タオルを上腕から腋窩《えきか》へとすべらせる。腋窩を露出させると、わずかに甘い汗の匂いが立ち昇った。

不快な匂いではない。ふくよかな甘酸っぱい芳香で官能をかきたてる匂いだ。一瞬、その腋窩に顔を埋めて匂いを嗅ぎたくなった。

すぐに思いなおした。早く済ませてしまったほうがいい気がする。腕の清拭を終え、胸を覆っていたバスタオルを外そうとすると、

「自分でやります」

里美が上体を立てた。

「そう……いいわよ」

久美子はお湯で絞ったタオルを渡すと、ワゴンに乗ったピッチャーの水をお湯にさして湯加減をする。

見て見ぬふりをしていると、里美が上体を拭きはじめた。バスタオルを外し、こちらに背中を向けて、胸を拭いている。

乳房のトップが見えた。透き通るような小さな乳首が乳輪からせりだし、女から見ても可憐だった。

(先生は、きっとこの乳首を好きなように苛めていらっしゃるのだわ)

そう思うと、激しい嫉妬に身がよじれた。

様子を見て、タオルを替えてやる。里美が上体を折り曲げるようにして足を拭く。すらりと長い少女の足だ。だが、左足は大腿部の途中で切れている。

里佳子先生が切断なさったのだ。自分で切ったのだから、よけいに先生はこの子に愛情を感じるのかもしれない。考えてみたら、先生も隻脚だ。隻脚同士でどのような形で愛を確かめ合うのだろうか。ちょっと興味が湧く。

タオルを濯《ゆす》いでいると、里美が話しかけてきた。

「野間さんは、どうして私の担当になられたんですか？」

「……婦長さんに言われたからだけど」

「ほんとうは、里佳子先生に言われたんじゃないんですか？」

図星をさされて、少したじろいだ。動揺を隠して言った。

「違うわよ。医者はそんな権限を持っていないもの。だけど、もし、そうだとしたら、それが何か？」

「いえ、いいんです」

そう答えて、里美がタオルを差し出した。久美子はタオルを受け取ると、病衣を肩にかけてやる。袖に腕を通し、前を合わせた里美がくりっとした目を向けてくる。

「あの……野間さん、おつきあいなさってる男性はいらっしゃるんですか？」

「なぜ、そんなことを聞くの？」

「ふふっ、ちょっと……」

里美が微笑んだ。すっきりした口尻がスッとあがって、悔しいが、かわいい。

「いないわよ。この仕事をしていると、男なんかできないわ。時間がないし、勤務が不規則だし、けっこう重労働なのよ」

「そうか……里佳子先生なら身近にいらっしゃるものね」

里美が思わぬ言葉を吐いた。

「えッ？　どういうことよ」

「いいんです、ごまかさなくても……お二人は恋人同士なんでしょ。先生の口から聞きました」

「先生が？」

「ええ、先生、私には隠しごとはなさらないの」

里美が正面から見つめてくる。自信にあふれた表情だ。ここははっきりさせておいたほうがよさそうだ。

「しょうがないわね。事実よ。人には言わないでね」

言うと、里美が微笑んだ。

「やっぱりね、そうじゃないかと思ってた。ふふっ、いまのは嘘。先生がそんなことおっしゃるわけないもの」

やられたと思った。怒りが込みあげてきた。かわいい顔して、とんだくわせ者じゃないの。

「ごめんなさい。怒ったのなら、謝ります。ごめんなさい。怒らないでください」

今度は一転して低姿勢で詫びを入れる。何かにすがるような目が、ゾクッとくるほどに悩ましい。こんな目を向けられたら、男性は簡単にノックアウトされるだろう。

女だって……。

不思議な子だと思った。かわいい顔して、こちらの感情を操作している。

「野間さん、あの……」

「えッ、何よ」

「いえ、いいんです」

いったい、この子は何を言おうとしたのか？

やきもきしていると、病室のドアが開く音がする。こちらに近づいてくる特徴のある靴音で、それが里佳子先生であることがわかった。片足が義足なので、どうしても微妙に左右のバランスが違うのだ。

「入るわよ」

ベッドをU字に覆っていたスクリーンカーテンの一部を開けて、里佳子先生がベッドの枕元に立たれた。いつものクールな美貌で処置を確かめている。今日はスラックスをはいていらっしゃるためか、いつにも増して颯爽としている。

「終わったのね」

「はい、終わりました」

「そう……いいわ。安西さんと少し話があるから、あなたはもう行っていいわ」

「……はい」

二人を残してこの場を去るのはいやだった。でも、言いつけには逆らえない。久美子は後ろ髪を引かれる思いで、ワゴンを押して病室を出ていく。

「もう熱は下がったようだから、明日から、リハビリを始めましょうか」

里佳子はベッドに屈み込み、里美の乱れた前髪を直した。

「はい」

そう答えて、里美はじっと見つめてくる。瞳のなかを覗き込まれるような視線にあって、

「どうかした？」

聞くと、「いえ」と答えて目を伏せる。里佳子はベッドの足のほうにまわる。

「ROMをしておこうね。三日も寝込むと、ここもなまるのよ」

そう告げて、上掛けをはぐ。弾性包帯で緊めつけられた切断肢がシーツの上に転がっていた。

切断肢を上にする形で横臥させて、切断肢をつかんで上に引きあげる。こうすると外転筋が鍛えられ、歩行時の安定感が増す。普通は理学療法士の仕事だが、鵜飼には任せられない。あんな男に任せたのでは、何をしでかすかわかったものではない。

里佳子は右手を腰に添えて左手で断端をつかみ、強弱をつけて切断肢をリズムよく開かせる。

病衣の裾が乱れて、大腿部の内側が姿を見せた。ハッとするような内腿の白さが、里佳子の官能をそそった。運動を繰り返しながら、例の件を持ち出してみる。

「里美は、三一五号室の五十嵐《いがらし》さん、知ってるわね」

「……ええ」

「あの人、ピアノを弾くらしいんだけど、今度、里美のチェロを聴きたいっていうの。どうする？」

里美は答えない。迷っているのだろう。

「聴かせてあげたら？　あの方、脊髄損傷で下半身が麻痺しているのよ。精神的にもまいっているの。だから、こちらとしては、望みを叶えてあげたいんだけど。いや？」

「先生がそうおっしゃるなら」

「そう……良かった。そう伝えておくわ」

里佳子は里美をうつぶせに寝かせると、切断肢をつかんで上方に引きあげる。伸展筋の訓練である。

五十嵐に里美の演奏を見せるのは少し不安だが、五十嵐のたっての頼みだからしょうがない。それに、五十嵐のペニスはぴくりとも動かないから、そういう意味では安心だ。他人に聴かせるともなれば、里美のほうだって気持ちの張りができるだろう。

二十数センチの左足をつかんで、キュッ、キュッ、キュッと上に引きあげる。病衣の裾がずりあがり、ぷっくりとした双臀のふくらみがわずかにのぞく。里美はベッドに置いた腕に顔を伏せている。ボブヘアの黒髪が散って、たまらなくエロチックだ。

雪のように白いヒップを慈しみたかった。豊かな弾力をたたえたお尻を撫でまわし、その狭間にキスしたかった。だが、いつも欲情していてはかえって里美に舐められる。高貴さを保つことは必要だ。

里佳子は湧きあがる欲望をこらえて、切断肢を規則的に持ちあげる。断端がうっすらと汗をかいて、指に粘りついてくる。

第六章　音楽

1

音楽治療室の椅子に腰をおろした神山里佳子は、チェロとピアノの二重奏《デュオ》を聴きながら、嫉妬心が湧きあがるのを抑えられなかった。

黒のゆったりしたワンピースを着て、里美が情感豊かにチェロを弾いている。その傍で里美の演奏を補助するかのようにアップライトのピアノを弾いているのは、五十嵐孝雄《たかお》だ。

五十嵐が里美の演奏を聴きたいというので許可を出した。二度目に五十嵐は自分からピアノの前に座った。

五十嵐は交通事故による胸椎脊髄損傷で下半身麻痺を起こしていた。

胸椎損傷では上肢は正常に機能するが、下肢の運動機能が奪われる。幸いにして仙髄は温存されていて、膀胱と直腸の運動は回復した。だが、下肢は完全麻痺に近く、いまのところまったく機能しない。この先も回復は見込めず、車椅子生活を送ることが余儀なくされていた。

大学院生で、ソシュール言語学の研究をしているというが、この先、車椅子で大学に通うか、それとも自宅で座ったままできる仕事を選ぶかは本人の意志次第だ。

いずれにしろ、下半身麻痺のまま、これからの長い人生を車椅子で送らなければならないのだから、容易なことではない。里佳子や里美の場合は片足を喪失したが、代理足を付けることで自力歩行できた。が、五十嵐は見た目は正常だが、機能を奪われている。自分で歩くこともセックスもできないのだ。そのどちらがつらいか？　おそらく、後者だろう。

五十嵐が陰鬱な表情を浮かべているのは仕方のないことだ。永続的に残る障害を受容するには多くの時間を必要とする。自殺を試みてもおかしくはない。問題を起こさないだけ、まだいいほうだ。

けれども、このところ五十嵐は上機嫌だ。里美という相棒を見つけたからだ。いまも車椅子を調節した椅子に腰をおろして、楽しそうに鍵盤に指を走らせている。五十嵐のこんな溌剌とした様子を見たのは入院以来初めてだった。

二人が弾いているのは、ルイ・アームストロングの歌でポピュラーになった〝What a Wonderful World〟だった。

小学生の頃からずっと続けてきたというだけあって、五十嵐のピアノは達者だった。右足が麻痺していてペダルが使えないが、それを巧みにカバーしている。

里美も五十嵐の演奏が安定しているので、安心して弾けるのだろう。シンプルだが、美しく力のある主旋律が、チェロ特有の低く張りのある音で部屋を満たす。

里美は例のごとく足を開いてチェロを抱え込み、右肘を張って弓をなめらかに移弦させながら力強く、そして流麗に主旋律を奏でる。乗ってきたときにはかるく目を閉じて、陶酔の表情を浮かべている。

散髪をしていないせいか、ボブヘアが伸びて、前髪は眉を隠そうとしていた。直線的に揃った黒光りする前髪の下で、完璧な美を形成する楚々とした美貌が輝いている。左足切断手術を受けたせいか、それとも病院で様々なことを一挙に体験したせいか、美しい顔だちに変化が見られた。以前はただ整っているだけだったが、内面の複雑な感情がにじみでて、深みが増している気がする。

「この素晴らしき世界」を演奏し終えた二人は、仲良く微笑みあって、感想を言いあっている。まるで里佳子の存在など無視しているような態度が気に食わない。が、演奏家同士には部外者にはわからない交流感が芽生えるのだろう。自分が楽器をやっておかなかったことが悔やまれる。

五十嵐が「次はビートルズをやろうか」と言って、譜面を取り出した。譜面を渡された里美が、

「『ノルウェーの森』ね……私、この曲、同名の小説で知ったのよ。五十嵐さんはお読みになりました？」

と、五十嵐に声をかける。かわいらしく小首を傾げているところが、媚《こび》を売っているようで小憎らしい。

「ああ、読んだよ。あれは最高のポルノ小説だったたな。セックスの微妙な不能感がよく出ている。そうですよね、先生？」

声をかけられて、里佳子は頷いた。もっとも里佳子が一番興味を持ったのは、レズビアンシーンだったのだが。

五十嵐が里美を見て言った。

「で、きみの感想を聞かせてほしいね。読んだんだろ？」

里美は何か言いかけたが、

「忘れました」

と、口許に笑みを浮かべた。こういう笑い方をすると、口の端がスッと切れあがって魅力的だ。

「忘れたか……まあ、いい。そういうことにしておくよ」

五十嵐がこちらを向いて言った。

「僕たち、新しい曲の練習に入りますから、なんならお戻りになっていいですよ。時間が来たら、またいらしていただければ」

「そうね、でも、大丈夫よ。午後の回診も終わったし。もう少し、ここにいるわ。それとも、お邪魔かしら？」

里佳子はそう答える。筒井とのことがある。二度と同じ過ちは犯したくない。たとえ下半身が麻痺していても、他の手段はある。

「邪魔だなんて……わかりました。じゃあ、いらしてください。ただし、つまらないですよ」

「いいのよ、私のことは気にしないで」

五十嵐が練習を始めた。里美も譜面を見ながら、弓を走らせる。

耳障りな不完全な音の交錯を受け流しながら、里佳子は明日行なう予定である脊髄腫瘍のオペの術式を頭のなかで反復する。患者は中学生で幸いにして腫瘍は良性だが、進行性の疼痛《とうつう》がひどく手術に踏み切った。腫瘍は硬膜内にあるので、椎弓を切除し、硬膜切開した後、腫瘍を摘出する。その後、硬膜縫合して再建術を行なわなければならない。

何度も行なったオペではあるが、患者はまだかわいい少年だ。今後の彼の生活を考えると、完全に治しておいてあげたい。おそらく術後、低髄圧による頭痛が起こるだろうが、ベッドでの安静と水分補給をナースに徹底しておく必要がある。

音がやんだ。見ると、里美が立ちあがってピアノのそばで、五十嵐とじゃれていた。笑顔で鍵盤を勝手に叩き、怒られている。車椅子の五十嵐に不必要に近づき、身体を接しているようにも見える。

私へのあてつけだろうか？

里美はあの折檻《せっかん》以来、少し変わった。私には笑顔を見せなくなった。感情を素直に見せなくなった。湧きあがった感情をいったん検討し、濾過《ろか》されたものだけが表に出てくる感じだ。

それが大人になるということであるし、決して悪いことではない。だが、裏を返せば、私に素直に見せられないものがあるということだ。その部分を何とかしないと二面性が残ってしまう。私にいい顔を見せて、裏で舌を出しているのでは困る。

野間久美子のケースは簡単だったが、里美は手なずけるのが難しい。ある意味では、それは里美が人間として様々な感情を抱いていることの、つまり人間としてレベルが高いことの証なのだが……しかし、その根っこの部分がどんな貌《かお》をしているのかが気にかかる。

里美がまるで見せつけでもするようにべたべたしているのを見て、堪忍袋の緒が切れた。

「そろそろ、時間よ。切りあげなさい」

思わずヒステリックな声が出た。五十嵐がこちらを向いて言った。

「最後に合わせたいんだけど、一回だけならいいでしょ」

「そうね、ただし一度だけよ」

許可を与えると、里美は定位置についてチェロを抱え、弓を持った。

二人は顔を見合わせて、息を吸った。それを合図に、ピアノが細やかな前奏を奏ではじめた。妖精が飛びまわるようなかろやかなピアノの音が弾ける。そこに、チェロの主旋律が流れ込んできた。

民族的な旋律が部屋を異境の地へと誘う。重厚な音が螺旋《らせん》状に舞いあがり、その後でピアノが同じ旋律をフーガのように追う。

まるで、二匹の蝶々が戯れているようだ。やはり、里美には才能があるのだろう。ほとんど演奏のミスはなかった。重厚なチェロの音が低く、高く飛翔する。

様々な主題が交錯するなかで、里佳子はまだ見ぬノルウェーの森を想った。

里佳子は里美と手をつないで森のなかを歩いている。白夜のなかで針葉樹たちはいびつに輝いていた。

2

深夜、午前一時の定期巡回を終えた野間久美子は、いったんナースステーションに戻ると、休憩室に足を運んで煙草に火をつけた。

ひっそりした暗がりのなかでソファに座り、煙草の煙を吸い込む。白い煙が薄暗闇のなかを天井めがけてゆらゆらと舞いあがる。

ナースステーションは禁煙であるし、病棟で唯一喫煙できるのがこの休憩室だ。

看護学校のときから煙草を吸いはじめた。里佳子先生には「ナースが喫煙するなんて、とんでもない」と禁煙を命じられた。それでも、煙草はやめられなかった。先生の前ではもちろん吸わないが、こうして一段落するとどうしても口が寂しくなって、隠れて喫煙してしまう。里佳子先生に見つかったら、きっとお目玉を食うだろう。

一本目を吸い終わろうとしたとき、廊下でかすかな物音がした。

誰かがトイレにでも行くのだろうか。あわてて短くなった煙草を灰皿でもみ消し、耳を澄ます。正常な足音ではなかった。コツッと音がして、しばらく音が途絶える。するとまた、コツッと乾いた音がする。

松葉杖をついて歩行しているときの音だ。その静かな音が休憩室の前を通りすぎた。

誰だろう……？

久美子は立ちあがり、休憩室の入口から足音がするほうを見た。後ろ姿で、それが安西里美であることがわかった。

常夜灯の明かりに、案山子のような隻脚の病衣姿を浮かびあがらせて、慎重に歩を進めている。

トイレなら、すでに通りすぎてしまっている。ナースステーションもこちらにはない。

久美子は気配を殺して、里美の行く先を目で追った。

里佳子先生からは、里美を監視するように強く言われている。この異常行動を見逃したら、お目玉を食ってしまう。

里美は病室の前で立ち止まった。キョロキョロと周囲を見まわし、病室のドアを開けてなかに入っていく。

（あの子、こんな深夜に他人の病室を訪れるなんて、どういうつもりなの？）

久美子は足音をしのばせて、里美が姿を消した病室の前まで来た。三一五号室。五十嵐孝雄の病室だった。

深夜に女性患者が男性患者の病室を訪れる。しかも、個室だ。

まさか、あの子……。

久美子は閉められたドアに耳を押しつけて、室内の様子に耳をそばだてた。

五十嵐孝雄は人の気配を感じて、目を開けた。目の前にオカッパの少女の美しい顔があった。最近は眠りが浅く、よく夢を見る。いまも夢を見ていたような気がする。そのためか、頭が混乱してすぐにそれが誰かはわからなかった。

ベッドランプに浮かんだ顔は、深い陰影をたたえて神秘的でさえある。自分はとうとうあの世に召されたのか？

「ごめんなさい。こんな時間に」

あの世のものが微笑んで、現実に舞い降りてきた。

「安西さんか……どうしたんだよ？」

上体を起こして時計を見た。置き時計は一時半を示していた。

「眠れないんで、来ちゃった」

里美はそう言って、首をすくめる。

「そうか……次の巡回まで時間があるしね。いつも、神山先生の監視つきで、話せないものな」

「ふふっ、ありがとう」

里美は松葉杖を外すと、ベッドの脇に置いてあるパイプ付きの簡易トイレの蓋に腰をおろした。丸椅子に座るより、そのほうが楽らしい。

自分がいつも用を足している便器に美しい隻脚の少女が座っていることに、妙なエロティシズムを感じながら、五十嵐は自分から話の糸口をつけた。

「……チェロはいつから始めたの？」

五十嵐はこの少女が好きだった。いや、好きなんてものではない。それは恋人に抱く感情に似ていた。だから、こんな深夜に二人で黙って見つめあっていたら、自分が何か途方もないことをしでかしてしまいそうで怖い。

里美は四歳でバイオリンを始め、十歳でチェロに転向したというようなことを、ぽつりぽつりと話しだした。その頃、まだ両親は健在で、里美は父親っ子だったという。父親はバイオリニストで日本の有名なオーケストラの一員だった。家を空けることが多かったが、家にいるときはその膝に乗って甘えた。ところが、九歳のときに両親は離婚した。

在籍する楽団がドイツに演奏旅行に出かけたときに、父親はそこで一人の女性と親しくなり、楽団もやめてドイツに居ついた。半年後に協議離婚が成立した。

バイオリンをやめたのは、バイオリンを見ると、父のことを思い出すからだという。

五十嵐はきっと暗い顔をしていたのだろう。里美が言った。

「でも、もう、父のことは忘れたのよ。全然会ってないし、何をしているのかもわからないの。最近は顔も思い出せない。だから、もう、いいの。ほんとうよ」

「そうか、わかった」

そう答えたものの、内心では里美はおそらくまだ父親のことを忘れていないのだと思った。忘れたいのだ、たぶん。

それから、里美は五十嵐の大学生活のことを聞いてきたので、それに答えた。ひたすらソシュール言語学の研究に没頭し、論文を書くのに汲々《きゅうきゅう》としているつまらない大学院生活のことを、少しは興味深いものと感じてもらうために飾りたてるのが大変だった。

言葉が途切れて、沈黙が残った。そのわずかな隙間に里美は入ってきた。

「五十嵐さんは、あの……恋人はいらっしゃらないんですか？」

「……いないけど」

答えて、じっと里美の表情をさぐった。この子はなぜこんなことを聞くのだろう？眉が隠れそうな直線的な前髪のすぐ下で、大きな瞳にベッドライトが反射してキラキラと輝いていた。その瞳に、一瞬、ほっとしたような表情が浮かんだと感じたのは、気のせいだろうか？

だが、里美が恋人のことを聞いたのは、これが最後だった。リハビリがつらいと話していた里美が、急に手を口許に持っていった。

左手を口にあてて、「ふわッ」とかわいいあくびをした。生あくびを噛み殺すようにして、言った。

「ごめんなさい。眠くなっちゃった」

「そうだな。そろそろ、戻ったほうがいいね」

「このままじゃ、きっと部屋までもたない。途中で眠ってしまうかもよ……少しの間、ここで休んでいっていいですか？」

「……いいけど」

答えると、里美がパイプにつかまって簡易トイレから立ちあがった。片足で立ち、そのままベッドに入ってくる。

唖然としていると、上掛けのなかに器用に潜りこんできた。

「少しだけ、休ませてください」

そう言って、目を閉じる。

真意を計りかねた五十嵐は、傍らの少女を見た。

横向きになった里美は両手を合掌するように合わせて、そこに顔を乗せている。こちらを向いているので、横顔が見えた。安心しきったかのように瞳を閉じている。長い睫毛がぴったりと合わさり、光沢を放つオカッパが頬を隠している。

五十嵐はベッドに寝て、左腕を伸ばした。里美が頭をあげて、左腕に頭を乗せる。それから、こちらを向いて胸のあたりに顔を寄せた。

腕のなかで美少女が静かに呼吸していた。洗髪したてなのか、さらさらの髪からはシャンプーの匂いがする。父親役を務めるはずが、男の欲望がせりあがってくる。

抱きしめたかった。このたおやかな肢体を胸のなかに引き寄せてキスしたかった。だが……それはしてはいけないことだった。

この少女が入院してきたときは、高貴な美に圧倒された。足を切断すると聞いたときは、同情を覚えた。懸命にリハビリを続ける姿を見て、抱きしめてやりたいと思った。そして、いま……里美は自分からベッドに入ってきた。

もう子供ではないのだから、それが何を意味するかはわかるはずだ。だからといって、手を出すことは絶対にしてはならない。

ここが病室で、二人は患者同士であるという外的な状況のためではなかった。自分はそんなつまらない常識に束縛されるような男だとは思わない。そうではなくて、自分はこの少女を抱く資格がないのだ。

ようやく小水と排便の機能が回復したような男には、この隻脚の少女を受け入れる資格などない。それはそうだろう。下半身麻痺の男と、義足の少女がどのようにつきあっていけばいいというのか?

硬直したまま腕枕をしていると、胸に乗っていた里美の手が静かに動きはじめた。病衣の上から胸や腹を撫でてくる。ぎこちない手つきで撫でられているだけなのに、しなやかな指が接している部分から肌がむず痒くなるような熱い期待感が育ち、それが危険信号を明滅させた。

手首をつかんで、動きを止めさせた。華奢な手首だった。しばらくして、手を放すと、ふたたび里美の指が動きだした。

しっとりと汗ばんだ手のひらが、病衣の襟から胸へとすべりこんでくる。じかに胸を愛撫されると、うぶ毛がそそけ立つような甘い陶酔感がせりあがる。

気配を感じて、目を開けた。里美が病衣の紐をほどいているところだった。あッと思ったが、それを止める間もなく、薄いブルーの病衣が肩からすべり落ちていく。

ベッドランプにふたつの隆起が白く浮かびあがった。見てはならないものだった。それでも、視線をそらすことはできなかった。

形のいいふくらみが盛りあがり、下半身の豊かに張りつめた円錐形が、直線的な上の斜面を支えるように持ちあげていた。

二十四歳の男が抱く感想ではないが、まるで夢を見ているようだと思った。それほどに里美の乳房は神聖で、幻想的だった。

次の瞬間、里美が身体を預けてきた。よりかかるようにして、五十嵐を見て言った。

「私、五十嵐さんのことが好き。五十嵐さんは里美のこと、どう思う？　好き？」

嘘はつけなかった。

「……好きだよ」

「ほんとうに？」

「ああ」

「同じ好きでも、いろいろあるでしょ？　どのくらい好き？」

「そう言われてもなぁ。かなり好きだよ」

「ふふっ、恋人にしてもいいくらい？」

上から覗き込んでくるので、鎖骨の透けでた胸元と、下を向いた乳房の谷間が目に入った。

「たぶんね」

「たぶん？」

「いや、確定形にしてもいい」

「そう、うれしい……」

里美が微笑んだ。それから、胸に顔を埋めてくる。

乳頭に舌を這わせ、舐めてくる。全体を含まれて、甘く吸われると、全身が粟立つような快美感が鋭角に湧きあがった。

目を閉じる。隻脚の少女に誘惑されて落ちていく自分の姿が瞼の裏に浮かんだ。そのとき、里美の手が下半身に伸びた気配がして、反射的にその手をつかんだ。

恥部に触れられることだけはいやだった。里美に言い聞かせた。

「わかってると思うが、僕の下半身は麻痺している。何をされても感じない。無理なんだ。それに……きみはこんなことをしてはいけない」

「五十嵐さん、里美のことを見くびっているんだわ。私をセックスは何も知らない子供だと思ってる。そうでしょ？　でも、そうじゃないの。私、もう男の人を知っているのよ」

「……きみがどうであろうと、関係ない。とにかく、駄目なんだ。僕を惨めにさせないでくれ。本心から言っているんだ」

「私、きっと五十嵐さんを楽しませることができる。だって、好きなんだもの、五十嵐さんのこと」

そう言って、里美はベッドを足のほうに移っていった。包帯が巻かれた切断肢を浮かせ、右足と腕を使って後退していく。

「やめなさい……お願いだ」

五十嵐の訴えを無視して、里美は機能麻痺した足をひろげて、足の間に身体を入れた。

不自由な身体を支え、太腿を撫でながら、ついばむようなキスをする。拘縮予防のリハビリを受けているものの、五十嵐の足は筋肉が落ちてみすぼらしい。その萎《な》えた足を、里美は慈しむようにさする。

里美の気持ちがつかめなかった。こんなことをして本気で知覚が回復するとでも信じているのか？　それとも、五十嵐の恥部に指を入れてひろげようとしていることに気づかないのか？

羞恥の気持ちが、歯軋りしたくなるような苛立ちに変わっていった。

何も感じないのだ。内腿を撫でさすられても、キスされても、いっこうに実感がない。まるで他人の足のようだ。

込みあげてくる惨めさに耐えきれずに言った。

「やめてくれ……頼む」

「感じないの？」

「ああ……だから、もうやめてくれ」

里美はキスをやめて、右手を伸ばした。

細くしなやかな指がそれをつかんだ。知覚を完全に失った肉の醜い塊を。

里美はその感触を確かめでもするように肉茎を指で押さえたり、擦ったりした。何も感じなかった。せめて触れられているという感覚さえあれば……だが、それさえもない。

反応を示さないのに焦れたのか、里美が先端にキスをした。かるくついばむような接吻を繰り返しながら、指で擦ってくる。

さらさらと垂れかかる黒髪の向こうに、深い谷間を刻んだ白い乳房が見えた。絶望感が押し寄せてきた。自分のペニスは愛する女にこれほど愛されても、ピクリとも反応しないのだ。小便をだらだらと垂れ流すだけの器官にすぎない。愛する女と繋がることもできない、醜い肉の塊でしかない。

「よせ！　よしてくれ！」

上体を起こし、里美の肩を押した。

里美がこちらに顔を向けた。目の縁をピンクに染めた上気した顔で、息を弾ませている。

「もう、いい。駄目なものは駄目なんだ。いいから、もう帰れ。病室に戻るんだ」

強く言うと、里美は泣きそうな顔をした。唇を噛んで目を伏せていたが、やがて諦めたのか、ベッドの端に腰かけた。

泣いているのか、肩が震えていた。赤子のようなすべすべの背中には、脊柱の骨がそのひとつひとつを数えられるほどに浮きでている。

里美は病衣を前で合わせて、紐で留めた。背中を見せたまま言った。

「嫌いにならないでね。里美のこと、嫌わないで」

「ああ、もちろんだよ」

「ほんとうよ」

「ああ、ほんとうだ」

答えを返すと、里美は安心したのか吐息をついて、立ちあがった。松葉杖を腋の下に抱え、静かに病室を出ていく。

コツッ、コツッという音が遠ざかるのを聞きながら、五十嵐はヘッドボードに背中を預けて宙を見ていた。

恋人が去った後には、里美のミルクのような体臭が残されていた。

五十嵐は拳を握りしめて、太腿のあたりを思い切り叩いた。肉が衝突する鈍い音がする。だが、痛みはまるで感じなかった。

(俺は、俺は……!)

爆発的な感情が込みあげてきた。吼えながら、左右の大腿部を両拳で叩きつづけた。

それでも、暴力的な衝動はおさまらなかった。

3

野間久美子は興奮した面持ちで、ナースステーションに向かっていた。

あれから、里美が身の上話をしだしたのを立ち聞きして、多少がっかりした久美子はいったん詰所に戻った。

深夜勤務の二人のナースとともに点滴のボトルを用意したり、看護日誌をつけたりした。暇になり、里美の様子をうかがおうと三〇八号室を訪ねた。だが、里美は不在だった。

まだあそこにいるのかと思って、三一五号室まで来た。ドアに耳をつけて立ち聞きすると、二人のいやになるほどの甘い会話が聞こえた。

(あの女、私から里佳子先生を奪ったばかりか、五十嵐さんにまで手を出して……かわいい顔して、やることはエゲツないじゃないの)

苛立ちを抑えて聞いていると、会話が途絶えた。見ることはできなかったが、二人が何をしているかは容易に想像できた。その後で何か一悶着あったようだが、いずれにしても、あのブリッコが五十嵐を誘惑していたことは間違いない。

(チャンスだわ。このことを里佳子先生に言いつけたら、先生、きっとあの女を折檻なさる。それだけじゃない。あの女をお嫌いになるかもしれない)

久美子は自分にもようやく挽回のチャンスが訪れたのだと思った。ナースステーションに戻り、いつ里佳子に言いつけてやろうかとわくわくしながら、次の巡回に備えた。

午前四時の定期巡回の時間になり、久美子は受け持ちの病室をまわった。手に懐中電灯を持ち、順繰りに病室を訪ねた。

三一五号室の前に来て、五十嵐さん、もう眠ったかしらとドアを薄く開けた。ドアが開いた途端に異様な臭《にお》いが鼻を衝いた。

その生ぐさい臭いには覚えがあった。血の臭いだった。

ハッとして、部屋に入る。

「五十嵐さん、どうなされました?」

呼びかけて懐中電灯を向けた。円光のなかに浮かびあがった惨状を、すぐには理解できなかった。

五十嵐孝雄は背中をヘッドボードに凭せかけて、うつむいていた。そして、下半身には血の海がひろがっていた。

おそるおそる近づいた。五十嵐の右手のそばにナイフが落ちているのが見えた。懐中電灯を向けた。ズタズタになった大腿部が目に飛び込んできた。ためらい傷が何本も走り、大腿部のほぼ中央に大きな傷口がサックリと口を開けていた。脂肪が不気味にぬめ光り、ピンクの肉はおろか、白い骨まで見えていた。そして、下腹部も血に染まっていた。足の間に落ちている肉の塊が何であるかに気づいたとき、久美子は金切り声を噴きあげていた。

甲高い声を病棟中に響かせながら、久美子はナースステーションへと走った。ナースコールで連絡すればいいものを、そのことにさえ気づかなかった。

いま見たものを忘れたくて、狂ったように叫び、顔を振る。

悲鳴を聞きつけた夜勤のナースが飛び出してきた。

「何なの？　何があったの？」

「……五十嵐さんが」

久美子はそう答えるのが精一杯で、廊下にへたりこんだ。二人のナースが白衣の裾を蹴るようにして三一五号室に向かって駆けていく。

第七章　錯乱

1

　二日後、外来の診察室で、神山里佳子はカルテにペンを走らせていた。その横では、ナースが先天性股関節脱臼《だつきゅう》の乳児の母親に、リーメン《R》ビューゲル《B》法の装具の着脱法を教えている。

　書き殴ったようなドイツ語でカルテを記入し終えた里佳子は、こめかみを指で押さえて目を閉じた。診察にどうしても身が入らない。その原因はわかっていた。

　五十嵐孝雄は出血性ショックで一時は危なかったが、かろうじて一命をとりとめた。それでも、大腿部の創口は骨まで達していたし、男性器は完全に切断されていて手の施しようがなかった。

現在、五十嵐は集中治療室にいるが、容体が安定したら、排尿器官をどうするかが問題になる。おそらく、形成外科にまわすことになるだろう。

「先生、これでよろしいですか？」

ベテランナースの声がする。里佳子は椅子から立ちあがり、診察ベッドに近づいた。RBの装具をつけ終わった女児が、あどけない顔を見せて仰向けになり、足を開いている。

アブミのような装具の装着を確かめると、ナースにマジックで目印をつけるように言って、窓に近づく。春の花が落ち、新緑が芽吹きはじめていた。初夏の景色を眺めながら、里佳子の意識はふたたびあの事件に戻っていく。

翌朝、野間久美子から五十嵐が自傷行為に至った経緯に、里美がからんでいると聞かされたときには驚いた。その前に里美が「よばい」をかけたのだという。にわかには信じられない蛮行だった。

だが、そのとき初めて五十嵐が自傷行為に及んだ理由がわかった気がした。反応しない下半身に絶望し、それが自己崩壊へと繋がったに違いない。インテリの弱さと言ってしまえばそれまでだが……。

やはり責められるべきは里美である。里美はどんな気持ちで深夜、五十嵐の病室を訪ねたのか？

まだV感覚も未発達な少女が性欲に駆られてよばいをしたとは思えない。里美にしてみれば無邪気な愛情表現だったのだろう。だが、本人に悪気がなくとも、それが相手を深く傷つけてしまうケースがある。あの子には不能者のペニスをもてあそぶことが、どんなに相手を傷つけることかわかっていない。そのことを強く認識させるべきだ。

里佳子が病室を訪ねると、里美は睡眠薬で眠っていた。

夜中に五十嵐の自殺未遂を知った里美は、精神錯乱状態で一晩中泣きわめいていたという。精も根も尽き果てたのか、青白い顔からは生気が失せ、死人のようだった。そして、蠟細工《ろうざいく》のように整った美しい寝顔を眺めているうちに、里佳子の身体から怒気が消えた。いや、その病的な美に圧倒されて、一時退却したというべきか。

そして、二日経過したいまも、里美はまだ精神の均衡を取り戻していない。

精神安定剤を投与しているが、それでも、思い出したように泣きわめき、ナースを困らせている。昨晩は夜中に十数度ナースコールをかけ、夜勤のナースを辟易《へきえき》とさせた。多少の我が儘ならかわいい。その美少女ぶりに免じて許してやってもいい。

だが、いまの里美は度が過ぎている。これ以上、病棟内をかきまわされてはたまらない。

（困った子だわね）

里佳子が窓の外を眺めていると、「先生、ありがとうございました」と、女児をおぶった母親が頭をさげた。

「お大事に」

短く答え、里佳子は椅子に腰かけて足を組んだ。義肢の膝継手がわずかに軋む音がする。

2

その日、事件が起こった。昼間、里美のＲＯＭ訓練を理学療法士の鵜飼に任せた。里佳子がするつもりだったが、交通事故の急患が入り、緊急オペでつきあえなかった。鵜飼に任せるのは不安だったが、野間久美子を付き添わせれば大丈夫だと考えた。だが、やはり、不安は的中した。

他の患者への処置を思い出した久美子がその場を離れたそのちょっとした隙に、事件は起こった。三〇八号室からの悲鳴を聞いて近くにいたベテランナースが駆けつけると、里美と鵜飼が激しく揉み合っていたという。

どうしたのかと聞くと、里美は「この人に襲われたのだ」というようなことを言った。それを示すように、病衣の胸ははだけて白い乳房がこぼれ、裾がまくれあがっていたという。

だが、鵜飼の主張は違っていた。鵜飼は里美が自分から誘ってきたのだと言った。切断肢の訓練をしていると、里美が鵜飼の手を胸に導いた。驚いていると、里美は「鵜飼さんには色々と迷惑をかけたから、少しだけなら触っていい」というようなことを言った。

鵜飼は半信半疑だったが、病衣の上から胸のふくらみを揉んでも、里美はいやがらない。それで、調子に乗って胸をはだけて乳房をつかむと、里美はいきなり大声で助けを呼んだのだという。

「きっと、鵜飼さんが悪さをしたんだと思います。里美ちゃんがそんなことするはずないですよ」

報告をしに来たナースはそう言って、鵜飼に何らかのペナルティーを与えるべきだと主張した。だが、里佳子の直観は違っていた。鵜飼の言っていることが事実なのではないか、そんな気がして鵜飼を呼んだ。話を聞くうちに、鵜飼は嘘をついていないのだと確信を持った。

「告発はしないから、あなたも他言しないように」と釘を刺して、鵜飼を帰した。

その夜、里佳子は当直だった。医局のソファで横になって、里美のことを考えていた。五十嵐のことで懲りたはずなのに、今度は鵜飼相手に狂言を捏造《ねつぞう》する……いったい、どうなっているのか？

ああでもない、こうでもないと考えているうちに、夜勤のナースが息を切らして駆け込んできた。里美の様子がおかしいという。

白衣を引っかけて病室に急いだ。その途中で若いナースが事情を説明した。

「あの子が病院を出ようとするものだから、連れ戻して……そうしたら、暴れだして」

里美はおそらく自分自身から逃げたかったのだろう。病院から逃亡を図っても、何の解決にもならないのに……。

里佳子が三〇八号室に駆けつけると、ベッドの端に腰かけた里美が、カッターナイフを手に、二人のナースを睨みつけていた。

ナースが近づこうとすると、カッターを振りまわし、さらには自分の手首にあてる。

「切るわ。それ以上、近づくと切るわ。ほんとうよ」

そう言って、キリキリッとカッターの刃を出す。

里佳子がナースを制して前に出ると、里美の表情が変わった。目を見つめながら、ベッドに近づく。ためらいはなかった。どうせ狂言に決まっている。切れはしない。

「いや、来ないで」

里美がカッターを振りまわした。その手をつかみ、手首を逆関節に決めてひねりあげる。さらに力を込めると、カッターナイフが床に落ちた。

里佳子はとっさにカッターナイフを拾うと白衣のポケットに入れた。奪い返そうとする里美を押さえつける。

「返して!」

なおも激しく抗う里美に、平手打ちを浴びせた。頬に手をあてて動きを止めた里美を、動きを封じるように抱きしめる。

「あなたたちは、もういいわよ。行きなさい」

ナースに部屋を出るように言う。ここから先はナースの存在が邪魔だった。

「でも、先生……」

「いいから、ここは任せて。早く、行って。行きなさい!」

語気を荒らげると、三人のナースが渋々病室を出ていく。まったく近頃のナースは察しの悪い子が多い。

強く抱いているうちに、里美の身体から憑き物が落ちたように力が抜けていった。ブラウスの胸に顔を埋めて嗚咽しはじめる。

「落ちついたようね」

そう言葉をかけて、病衣越しに背中をさすってやる。すると、里美が顔を埋めたまま言った。

「変なの……里美、変なの。身体が勝手に動いちゃう。こんなことしては駄目だと思うのに、そのときはもう身体が動いている」

神経症の兆候があるのだろう。

「そう……いいから、自分を責めないで、わかったから」

背中を撫でてやるが、里美を衝き動かしている激情はおさまらないようだった。

「自分をコントロールできないの。全然できないの。里美のなかには、きっと何か恐ろしいものがいるんだわ。先生、そいつを追い出して。里美のなかからそいつを追い出して」

そう言って、里佳子の腕をつかんで揺さぶってくる。強い力だった。指先が二の腕に食い込む痛みが、里佳子に決断をせまった。

これが狂言でないとすれば、里美はおそらく誰かに罰せられたいのだ。やはり、多少の罪の意識はあるのだろう。いまの里美は、自己を完膚なきまでに貶められることでしか、精神のバランスを取ることができないのだろう。ならば、期待に応えてやるしかない。

「ほんとうに、そう思っているのね。心からそう思っている?」

念を押すと、里美が頷いた。

「わかったわ。弱音を吐かないでよ」

里佳子は逆に里美の腕をつかんで、床に転がした。外出用にと付けられていた義足が、硬い音とともに床に打ちつけられる。

里美は無様な格好で床に転がってもがいていた。裾から突き出した太腿の白さが、劣情をそそった。

里佳子は仰向けになった里美をまたぎ、腰を落とした。膝上のスカートが張りつめ、ずりあがるが、かまわず馬乗りになった。

柔らかな腹部の喘ぎを感じつつ、両手を喉元に伸ばす。喉元に指をあて、腰を浮かせて一気に体重をかけた。

奇妙な声とともに里美の顔がゆがんだ。口から舌を出して、いやいやをするように顔を振る。手を前に伸ばして突き放そうとする。

「苦しいわね。でも、仕方ないわね。あなたのなかに潜む、もう一人のあなたを追い出すんだから」

なおも体重をかけると、里美の顔が充血し、コメカミに血管が浮きでてきた。狭くなった喉を空気が通る不気味な音がする。

死の恐怖を感じたのか、里美が里佳子の腕をつかんだ。透明感のある小さな貝殻のような爪が皮膚に食い込み、その痛みと里美の必死の形相が、タナトスの世界へと里佳子を誘う。

「どう？　いい気持ちでしょ。朦朧《もうろう》として天国を彷徨っているようじゃなくて」

聞いても、里美は答えない。答えられるわけがない。前髪が乱れ、あどけない額が出ている。苦悶の表情が陶酔のそれに変わっていると見えるのは、気のせいだろうか。

里佳子は恍惚としながら、細い首を絞めつづけた。身体が熱い。人を殺すときはこんな昂揚感が訪れるのだろうか？

急に、里美が静かになった。驚いて指を離すと、里美は息を吹き返して、激しく咳き込んだ。

はだけた病衣からのぞく甘美な隆起がせわしなく喘いで、里佳子を誘った。

合わさった襟元に手をかけ、一気に押しさげる。素晴らしい丸みを示す、すべすべの肩があらわになり、ふたつのふくらみが飛び出てくる。

小生意気に盛りあがった乳房は、うっすらと汗ばみ、青い静脈が透けでるほどに張りつめていた。

里佳子は双方の乳房を思い切り、鷲づかみにした。くぐもった声があがり、柔らかな肉層に指先が食い込む。

「痛い！　先生、痛い！」

「我慢なさい。こうしないと、悪いものは出ていかないわよ」

弾力あふれる乳肌から指を離すと、それぞれの乳房に五つの指の痕がついていた。

この十個の赤い指痕こそが、里佳子の愛情の証だという気がする。

乳首をひねりあげてやった。里美が身体をのけぞらした。その拍子にポケットのなかのものが、身体にあたった。

ひとつの考えが天啓のように脳裏に閃《ひらめ》いた。

(いいわ、素敵なアイデアじゃないの)

いったんそう思うと、もう止められなかった。立ちあがり、白衣のポケットからカッターナイフを取り出した。里美の足を開かせ、その間にしゃがんだ。キリキリッとカッターの刃を出すと、里美の顔がこわばった。

「何を、何をするの？」

「五十嵐さんがしたことをするのよ。これで里美をズタズタに切り刻んであげる」

そう答えて、病衣から突き出た健常足の大腿部にカッターの刃を押しあてる。

里美が表情を引きつらせて、逃げようとする。

「怖い？ そうよね。でも、こうでもしないと、あなたは自分が何をしたかを理解できないでしょう。大丈夫よ。ここにいるのは名医だから。開いた創口は私が縫ってあげる」

「いや、いや、いや」と里美は声にならない声をあげ、さかんに顔を振る。その怯えきった表情がたまらなくそそる。

里佳子はカッターの向きを変え、背のほうで内腿をなぞった。里美が息を呑み、すくみあがる。透き通るような白さの内腿がピーンと筋張る。

里佳子はそのまま背のほうで鼠蹊部へとなぞりあげ、白のパンティを経由して、左足の義肢のほうへとカッターをすべらせていく。

病衣がまくれて、黒のカーボン製ソケットが鈍い光沢を放っていた。ソケットが短い大腿部を包み込み、その先にはマシンの下肢が醜い姿を見せている。

「今度は本気よ」

刃の向きを変え、ソケットに刃をあてる。強く押したまま、下へとすべらせた。

「キ、キーッ」といやな金属音がして、カーボン樹脂に刃の痕が刻まれた。

「痛い、痛いわ」

里美が歯を食いしばって、激しく首を振った。想像していた通り、まだ里美には幻肢が残っているようだ。

足を切断した患者はしばらく、まだそこに足が元通りに存在するかのような幻覚を持つ。いま、里美は実際に自分の大腿部をナイフで切られる痛みを感じているはずだ。現実にはこんな経験はないだろうから、里美はこれまでの人生で体験した切り傷の痛みを思い出して、それを追体験していることになる。

最大内径の円柱部分から、収斂する膝継手へと刃を走らせると、里美は苦悶の表情をのぞかせて、

「痛い、熱い……何をするの！」

狂ったように身悶えする。

五十嵐も足を切ったとき、幻肢痛に似た痛みを体験したに違いないと思った。

あまり強く押しつけすぎたのか、刃がポキリと途中から折れた。強い衝動が里佳子を襲った。

里佳子は折れたままのカッターナイフを握り、ソケット部分へと振りおろした。金属がぶつかる音がして、ソケットが傷ついていく。

止まらなかった。いったい何度打ちつけただろうか、ふと気づくと、里美が怪物でも見るような目でこちらを見ている。

3

「何なの、その目は！」

里佳子は立ちあがり、里美を睨みつけた。それでも、里美はひるむことなく見つめ返してくる。

その態度が気に食わなかった。左足で腹のあたりを踏みつけた。正常な右足でバランスを取り、義肢のフット部を腹部に乗せる。

フォームラバーで覆われた左足に体重をかけて踏んだ。リジットタイプのフット部にはもちろん感覚はないが、柔らかな腹部が沈む感触はわかる。

次の瞬間、里美がその足をつかんで横に払った。不意のことで備えができていなかった里佳子は、バランスを失って、床に倒れた。

リノリウムの床に打ちつけられる衝撃で、一瞬、気が遠くなった。体勢を立て直す前に、里美がのしかかってきた。

腹の上に馬乗りになり、両手を頭上で床に押さえつけてくる。

「何をするの！」

信じられない行為に怒りを感じながら、里佳子はもがいた。だが、倒れたときに全身を強く打ったためか力が入らない。

里美が両手を押さえつけようと前傾する。ボブヘアが顔の左右に垂れ落ちて、陰になった顔が不気味だった。里美が言った。

「ごめんね、先生。私、やっぱり、いい子にはなれない。先生が思ってるほど、いい子じゃない。里美は、里美は違うの」

「とにかく、こんな格好じゃあ、話もできないわ。先生から降りて」

「いやよ！」

里美の手が胸に伸びた。黒のシルク地のブラウスの胸ボタンに手をかけて、ひとつ、またひとつと外していく。その手をつかんで、里佳子は言った。

「あなた、自分が何をしているかわかっているの。声を出すわよ。ナースを呼びます」

「私にはわかるの。先生は絶対にそんなことはなさらないって。だって、先生、厳しいことおっしゃってるけど、最後には里美に甘いもの」

胸を衝かれる思いだった。確かに筒井や久美子と較べると、里美への対処の仕方は甘い気がする。見透かされているのだ。

ボタンが外され、ブラウスの胸元が左右に押しひろげられた。黒の総レースのブラジャーに包まれた乳房が飛び出してくる。

里佳子が胸を隠そうとすると、その手を里美は振り払った。乳房をブラジャー越しに握られて、里佳子は呻いた。

「何をするの？」

「今度は里美が先生をかわいがる番よ。だって、愛し合うってそういうことでしょ」

啞然として、里美を見た。この子はいつからこんなことを言うようになったのか？

しなやかな指がブラジャーのなかにすべり込んだ。ふくらみを揉みながら、指の間にトップを挟んで繊細に刺激してくる。

「気持ちいい、先生？　先生が教えてくれたのよ。こうされると、里美は気持ちいいの」

里美は身体を重ねてきた。指がスカートのなかにすべり込み、パンティの基底部に達したとき、里佳子は手首をつかんで反撃に出た。

「いい加減になさい！」

身体を入れ換えようとすると、里美が思わぬことを言った。

「先生がレズだってこと、バラしてもいいのよ。先生がいままで私にしてきたこと、皆に言うわ。自分の地位を利用してセックスを強いる。立派なセクハラでしょ。それに、里美は障害者なのよ。先生の味方をしてくれる人はいないわ」

愕然とした。まるで別人だった。いったいこの子は……これが、里美の本質なのだろうか。

「……私を、脅しているの？」

「言ったでしょ。里美は先生が思っているようないい子じゃないって……先生がいけないのよ」

里美は上になって、身体を寄せてくる。

「怒った？　ごめんなさい、先生、ごめんなさい」

一転して低姿勢になった。次の瞬間、赤い唇がせまってきた。顔を逃がす間もなくキスされた。

巧みなキスだった。いつからこんなにキスが上手くなったのか。粘っこい舌で唇をやさしく舐め、さらには舌を潜り込ませる。里佳子の舌をとらえ、からませてくる。

里美はチロチロと舌を躍らせながら、スカートに手を入れた。黒のパンティのなかに指をすべらせ、秘苑のスリットをなぞる。

「いっぱい、濡れてる。先生、やっぱり、里美のことが好きなのね。それとも、さっき里美を苛めたときに興奮しちゃった？」

「……いい加減にして……うッ」

里佳子は顎を突きあげていた。里美の指が体内に潜り込んできたのだ。

侵入した指が膣肉をかきまわし、肉層をかきあげるようなことをする。

「先生のここ、グニャグニャしてて気持ち悪い。でも、気持ちいいんでしょ？　不思議ね、女の人のここって」

「やめて……やめなさい」

里佳子は里美の手首をつかんで、突き放そうとする。

「どうして？　里美は先生のことが好きよ。愛情を確かめあうことが、いけないことですか？」

「そうは言っていない」

「責められることに慣れていらっしゃらないのね。でも、里美はこうしたいの。たまには、里美の我が儘も聞いてくださらないと」

里美は黒のブラジャーを押しあげて乳房を露出させると、トップを口に含んだ。赤子が乳を飲むときのように乳首を甘えたように吸い、口腔に吸い込む。乳首の周囲を咥えられ、先のほうを舌で転がされると、甘い期待感が湧きあがった。

里佳子はせりあがる愉悦の波を抑えようと歯を食いしばった。

ここで気持ちを許してしまえば、これまで築いてきた里佳子の優位性が崩れてしまう。それでも、下腹部を繊細に愛撫されると、女としての感受性がそれに応えはじめる。

たまにはこういう形もいいのではないか。これですべてが決まるわけではない。全身を満たす甘やかな快美感が、里佳子に妥協を強いる。そしていったんそう思ってしまうと、あふれでる情感の昂りは止めようがなかった。

胸に顔を埋めている里美の頭髪をかき抱いた。腰が揺れている。くぐもった声があふれでる。

里美が顔をあげて、こちらを見た。さらさらのボブヘアに隠れかけた二つの目がままるで里佳子の痴態を観察するかのように、じっと注がれている。

（見ないで！）

里佳子は顔をそむけて、手の甲で顔面を覆った。

それでも、里美はじっとこちらを見ていた。そして、指で激しく肉襞を攪拌する。

「ううン……ううぁ！」

こらえきれなかった。

深くえぐらえると、顎があがった。喉元をさらして喘いでいる自分に気づき、いたたまれない羞恥のうねりが込みあげてくる。久しく味わっていない女の感情だった。

あふれでた大量の愛液がお尻のほうにまでまわっているのがわかる。そのとき、里美の指がクリトリスに触れた。あからさまな声をあげ、里佳子は両手を床に落とした。

冷たいリノリウムを掻く。

切なさの塊が下腹部からせりあがってくる。もう少し、愛撫を続けられていたら、里佳子は絶頂に達したかもしれない。だがそのとき、ドアをノックする音が響いた。

「先生、先生……大丈夫ですか？」

ナースの声がする。愛撫の手が止まった。

「大丈夫よ。ちょっと、待って」

我に返った里佳子は、里美を突き放した。起きあがり、乱れた着衣を正す。

ドアのところまで歩いていく。腰が重く、ふらついた。

スライド式のドアを開けると、先ほど里佳子を呼びに来た若いナースが、不審げな顔で突っ立っていた。

「すみません。先生の帰りが遅いので、見に行けと言われて……」

「そう……大丈夫よ。もう、行きましょうか」

「いいんですか？」

若いナースが、床に座り込んでいる里美を怪訝そうに見た。

「いいって、言ってるでしょう」

声を荒らげて、里佳子は病室を出た。

ナースステーションに戻る間も、若いナースは何があったのか聞きたそうだった。

だが、いまここで起こったことは絶対に口外してはならないことだ。

愛液を吸った下着が股間に張りついてくる。下半身に居つく気だるい快感の名残を抱えたまま、里佳子は常夜灯に浮かびあがった廊下を歩いていく。

4

五十嵐孝雄は集中治療室から、個室に移されて、ベッドに安静状態で横になってい
た。下腹部からはドレーンチューブが伸び、透明な袋に小水が溜まっている。
ぼんやりと天井を眺めていると、ドアが開いて安西里美が入ってきた。Tシャツに
ハーフパンツをはいた里美は、二本の足で歩いていた。
ハーフパンツから黒の義肢が伸びている。まだわずかに跛行するが、義肢が見えて
いなければわからない程度の跛行だった。
親しいナースに、「安西さんと会いたい」と伝えてあった。
里美はベッドの横で立ち止まって微笑んだ。内面の動揺を隠すための微笑みだが、
それでも充分に愛らしい。
里美は白いガーゼケットに覆われた下半身に視線を落とした。下腹部から伸びてい
るチューブとその先にあるものに気づいたのか、少し眉をひそめた。
「来てくれたんだね」
声をかけると、里美は義足を伸ばしたまま器用に腰をおろした。それから、義足を

つかんで曲げ、左右の大腿部をぴったりと閉じ合わせた。

うつむいて手を揉み合わせている。窓から射し込む初夏の陽光が長い髪に反射して、牧歌的な美を形成している。

「僕は大丈夫だから、里美ちゃん、あれからだいぶ落ち込んでたって聞いたから。でも、僕は大丈夫だから」

「……ごめんなさい」

里美が上目づかいにこちらを見た。

「いいんだ。きみが僕のことで傷ついたとしたら、それはナンセンスだから。僕はあれでかえって良かったと思ってる。なんか、諦めがついたというか、サバサバした気分だよ」

言うと、少しは慰めになったのか、里美の表情が和らぐのがわかる。

「そろそろ、本義足を作るんだって？」

「ええ、明日、計測するって」

「そうか、良かった。本義足に慣れたら、そろそろ退院だな。僕はまだ当分、かかりそうだけどね」

里美は傷ついたのか、顔を伏せた。それから顔をあげて言った。

「私、お見舞いに来ます。絶対に来ます。来ていいですか？」

「もちろんだよ。言っただろう、怒ってないって」

「そう……良かった」

里美が心から嬉しそうな顔をした。

退院後の話を聞いたが、里美はこれまでと同じ高校に通うかどうかは、まだ決めていないということだった。義足に慣れれば普通校に通えないことはないが、プライドの高い里美には、生徒の好奇の目は耐えられるものではないだろう。

会話が途絶えそうになって、五十嵐は自分の身体のことを持ち出した。

「尿道を確保すれば、女の子みたいにしゃがんでオシッコをすることはできるみたいなんだ。だけど、人工ペニスをつけることも可能らしいから、僕はそっちでいいかなって……ごめん。くだらないことを言っちゃったな」

「そうでも、ないです」

里美が言った。それが何を意味するか、五十嵐は真意を測りかねた。

それから、五十嵐は里美にチェロを続けるように話した。三十分ほど話したろうか、五十嵐は急に疲労を感じた。やはり、まだ本調子ではないようだ。

「帰ります」

里美が立ちあがった。ベッドに身を乗り出して言った。

「お話ができて、ほんとうに良かった」

「ああ、僕もだ」

里美が覆いかぶさってきた。垂れ落ちる黒髪を耳の上にかきあげ、じっと五十嵐を見た。つぶらな瞳が心のうちをさぐるように動いた。

次の瞬間、陰影に満ちた顔がせまってきた。額にチュッとキスされた。すぐに唇が離れ、甘いシャンプーの匂いが残った。

唖然とする五十嵐を、里美は少しの間眺めていた。それから上体を起こし、ベッドから離れた。

「また、来ます」

そう言い残して、去っていく。ハーフパンツから伸びた義足を器用に操り、左肩をわずかに上下動させて。

里美の去った病室には、虚しさしか残っていなかった。

第八章　切片

1

深夜の工房には、石膏で形作られた義肢の陽性モデルが並んでいた。様々な形を成した白い塑像は彫刻家の失敗作のようでもあり、シュールなオブジェのようでもある。

患者の切断肢を、石膏を含ませたギプス包帯で採型して陰性モデルを作る。そのモデルに、石膏を流して固まらせたもので、これから義足のソケットを製作するのだ。

作業着姿の筒井浩二は片手にワイングラスを持って、ひとつの彫像に近づいた。安西里美の左大腿部であった。

（美しい形をしている。若いということは、それだけで貴重なことだ）

白い塑像を慈しむように撫でると、里美の健康的に発達した大腿部が思い出され、同時に切断肢にギプス包帯を巻いたときの記憶が甦る。

大腿部の途中で途切れた足の拘縮はおさまっていたが、断端にまだわずかに抜糸の痕跡を残していた。

ベージュの下着に隠された恥部がのぞいたとき、まだ硬いヴァギナの感触が下腹部に甦り、たまらない気持ちになった。

音楽治療室での一件以来、里佳子には冷遇され、監視もされてきた。だが、里美への思いは変わっていない。

（俺はあずまやでピンクのボールを拾いに走ったとき、すでに里美に支配されようとしていたのだ。隻脚の少女という魅惑的な存在に、逆らえる者などいやしない）

しばらくの間、石膏の塑像を慈しんでから、筒井は作業台に近づいた。テーブルには、つい先ほど完成したばかりの里美の本義足が静かに横たわっていた。

全体を黒の色調で統一されたモジュラー義足は、蛍光灯の明かりを反射して、鈍く光っている。

（かわいいやつだ）

まだ穢れを知らぬ処女義足を、無垢な少女でも扱うようにやさしく撫でさすった。

最高のものを作ったつもりだ。ソケットは二重になっていて、インナーには熱可塑性樹脂のポリエチレン樹脂のなかから、とくに柔軟で適合性にすぐれたエチレン酢酸《EVA》ビニルコポリマーを用いた。アウターと下腿部には軽量化のためにカーボンファイバーを使っている。

心臓部である膝継手には、マイコン制御が可能なインテリジェント義足を使用した。これなら、コンピュータで空気圧シリンダーを調節し、正常に近い歩容で歩けるはずだ。

さらに膝上部には横座りや靴の着脱が容易にできるようにターンテーブルを取り付けてあった。足部もエネルギー貯蓄型を採用しているし、まさに最先端のテクノロジーを集約した義肢であった。

筒井はソファに義足を立てかけると、ボルドー産の赤ワインの瓶を手に取る。

女性の義足が完成した際にいつも行なう儀式だった。

立てかけられたソケットの内部は、貝殻の内側のようにつやつやで、虹のような微妙な色合いの光沢を放っている。

瓶の先を開口部に向けて、ボトルを少しずつ傾けた。赤い液体が注ぎ込まれる。空気バルブはふさいであるので、底のほうに赤ワインが溜まった。

金属の足を揺らすと、グラス代わりのソケットのなかで、血のような水溜まりがゆらゆらして、表面が波立った。

樹脂の化学的な匂いと、赤ワインの香りがブレンドされた芳香が、鼻孔から性中枢へと伝わり、官能が目覚める。

「誕生日、おめでとう。乾杯！」

ソケットを掲げて、その縁に口をつけた。傾けるにつれて、渋みのある濃厚な葡萄酒が胃の腑に落ちていく。

今夜は「里美」とともに、一夜を過ごすつもりだ。「里美」は創造主である筒井に尽くす義務がある。たった一晩だ。そのくらいのことはしてもいいだろう。

筒井は「里美」をソファに横たわらせると、服を脱ぎはじめる。作業用のエプロンを外し、シャツを脱いで、ズボンをおろす。

全裸になると、毛布を引っ張ってきた。ソファに横になり、義足に添い寝する。

ソケット部が胸にあたり、カーボン製の下腿部の骨がペニスに触れた。力強くいきりたったペニスに金属の冷たさが伝わってくる。

（明日からは、お前は里美の足になる。本来なら、俺が里美の足になりたいんだ。そ

101-8405

書籍のご注文は84円
アンケートのみは63円
切手を貼ってください

東京都千代田区神田三崎町2-18-11

二見書房・M&M係 行

ご住所 〒	
TEL - -	Eメール
フリガナ	
お名前	(年令 才)

※誤送を防止するためアパート・マンション名は詳しくご記入ください。

20.9

愛読者アンケート

1 お買い上げタイトル（　　　　　　　　　　　　　　　　　　）

2 お買い求めの動機は？（複数回答可）

□ この著者のファンだった　□ 内容が面白そうだった
□ タイトルがよかった　□ 装丁（イラスト）がよかった
□ あらすじに惹かれた　□ 引用文・キャッチコピーを読んで
□ 知人にすすめられた
□ 広告を見た　　（新聞、雑誌名：　　　　　　　　）
□ 紹介記事を見た（新聞、雑誌名：　　　　　　　　）
□ 書店の店頭で　（書店名：　　　　　　　　　　　）

3 ご職業

□ 学生 □ 会社員 □ 公務員 □ 農林漁業 □ 医師 □ 教員
□ 工員・店員 □ 主婦 □ 無職 □ フリーター □ 自由業
□ その他（　　　　　　　　　　　　　　）

4 この本に対する評価は？

内容：□ 満足 □ やや満足 □ 普通 □ やや不満 □ 不満
定価：□ 満足 □ やや満足 □ 普通 □ やや不満 □ 不満
装丁：□ 満足 □ やや満足 □ 普通 □ やや不満 □ 不満

5 どんなジャンルの小説が読みたいですか？（複数回答可）

□ ロリータ　□ 美少女　□ アイドル　□ 女子高生　□ 女教師
□ 看護婦　□ ＯＬ　□ 人妻　□ 熟女　□ 近親相姦　□ 痴漢
□ レイプ　□ レズ　□ サド・マゾ（ミストレス）□ 調教
□ フェチ　□ スカトロ　□ その他（　　　　　　　　）

6 好きな作家は？（複数回答・他社作家回答可）

（　　　　　　　　　　　　　　　　　　　　　　　　　）

7 マドンナメイト文庫、本書の著者、当社に対するご意見、ご感想、メッセージなどをお書きください。

ご協力ありがとうございました

↓ この線

●清純女子テニス部 男子マネージャーの誘惑ハーレム[16121 686円]
●ハーレム学園演劇部 放課後の禁断レッスン[15195 686円]
【卯月 アスム】(うづき・あすむ)
●お嬢様ハーレム学園 ひみつの男子研究会[16018 648円]
【浦路 直彦】(うらじ・なおひこ)
●美少女たちのエッチな好奇心 大人のカラダいじり[20052 705円]
●妻、処女になる タイムスリップ・ハーレム[19147 694円]
●小悪魔少女とボクッ娘 おませな好奇心[18175 722円]
●無邪気なカラダ 養女と僕の秘密の生活[17084 686円]
●敏感なつぼみ 美少女ヒミツ倶楽部[13149 648円]
●可憐なつぼみ[13016 648円]
【鬼塚 龍騎】(おにづか・りゅうき)
●新任女教師と音楽女教師 性獣学園の奴隷たち[19002 694円]
●性獣女学院 Sランク美少女の調教授業[17168 686円]
【尾張 弘樹】(おわり・ひろき)
●むちむちヨガ教室 巨乳インストラクターの個人レッスン[18064 686円]
【柏木 春人】(かしわぎ・はるひと)
●美娘とその熟母 淫らな復讐[15001 648円]
●美姉妹調教 姦る!─[12044 600円]
【北山 悦史】(きたやま・えつし)
●人妻 脱ぎたての下着[16011 657円]
【桐島 寿人】(きりしま・ひさと)
●三年C組 今からキミたちは僕の性奴隷です[20086 719円]
●戦隊ヒロイン大ピンチ 聖なる調教の罠[19086 694円]
●双子姉弟 恥辱のシンクロ強制相姦[18033 694円]
【霧野 なぐも】(きりの・なぐも)
●未亡人とその娘 孕ませダブル調教[20084 705円]
【霧原 一輝】(きりはら・かずき)

●清楚アイドル蟻地獄[18001 694円]
【鈴川 廉平】(すずかわ・れんぺい)
●美母と二人の若叔母を寝取られた僕[19127 694円]
●寝取られ義母 禁断の三角関係[18031 686円]
●寝取られ熟母 僕の親友は悪魔[17048 686円]
【瀬井 隆】(せい・りゅう)
●人妻ハンター 女を堕とす禁断のテクニック[15083 648円]
●若妻痴漢電車[13017 648円]
【高村 マルス】(たかむら・まるす)
●狙われた幼蕾 背徳の処女淫姦[20085 705円]
●幼肉審査 美少女の桃尻[19201 694円]
●半熟美少女 可憐な妹のつぼみ[18083 686円]
●美少女ジュニアアイドル 屈辱の粘膜いじり[17116 686円]
●新体操姉妹 レオタードの染み[16155 686円]
●いけにえ 危険な露出願望[16057 648円]
●美少女 淫らな拷問実験[14118 648円]
●鬼畜教師と美少女 肛虐レッスン[14001 648円]
【竹内 けん】(たけうち・けん)
●浴衣ハーレム 幼なじみとその美姉[20103 705円]
●修学旅行はハーレム 処女踊り食いの6日間[20003 705円]
●女教師釣り 放課後の淫蕩ハーレム[19108 694円]
●僕とお姉さまたちのハーレム卒業旅行[18176 722円]
【橘 真児】(たちばな・しんじ)
●人妻食堂 おかわりどうぞ[20081 719円]
●人妻の筆下ろし教室[20030 705円]
●あの日抱いた人妻の名前を僕達はまだ…[19194 694円]
●人妻たちと教師[19138 694円]
●女生徒たちと先生と[19065 722円]

●もうひとりの妻[19119 694円]
●いきなり未亡人[19009 722円]
●人妻 やりたいノート[18135 722円]
●君の縄。[18060 722円]
●奥さん、入りますけど。[17197 740円]
●奥さん、透けてますけど。[17113 722円]
●人妻どろぼう[16205 722円]
●新人家庭教師 お母さんが教えてあげる[16071 657円]
●二人の叔母[15040 657円]
【羽村 優希】(はむら・ゆき)
●[完堕ち]アイドル養成学校処女科[20104 705円]
●美少女の生下着 バドミントン部の天使[19182 694円]
●鬼畜教室 狙われた清純少女と女教師[18107 722円]
【早瀬 真人】(はやせ・まひと)
●ハーレム教室 僕らの童貞喪失日記[17133 686円]
●豊満叔母 おねだり熟尻[16156 686円]
●姉の黒下着 禁じられた衝動[14134 648円]
●おさない処女 レオタードの快感実習[13179 648円]
【氷室 洸】(ひむろ・こう)
●未亡人と美姉妹[15209 657円]
●淫惑の部屋[15059 657円]
【藤 隆生】(ふじ・りゅうせい)
●人妻巨乳バレーボーラー 寝取られM化計画[20034 719円]
●女子アナ候補生 鬼畜サークルのマゾ開発[18106 694円]
●巨乳秘書 鬼畜の洗脳研修[16174 686円]
【深草 潤一】(ふかくさ・じゅんいち)
●嫁の姉 誘惑の夜[18186 694円]
●淫ら義母 乱れる[18101 694円]

→ この線で切り取ってください

↑ この線で切

ください

← この線で切り取ってください

●隣りの人妻 誘惑の夜[17178 694円]
●清楚妻 ほんとは好き[17063 694円]
●兄嫁・真理子の手ほどき[16084 657円]
●むれむれ痴漢電車[15112 657円]
●通勤電車 下着のライン[14098 657円]
●誘惑通勤電車[12118 657円]
【星 悠輝】(ほし・ゆうき)
●折檻義母とご褒美ママ[19183 694円]
【真崎 好摩】(まさき・こうま)
●僕が寝取った人妻奴隷[19037 694円]
【真島 雄二】(ましま・ゆうじ)
●美人講師と有閑妻 オモチャになった僕[20020 705円]
●三人の美人妻 弄ばれた童貞ペット[18048 686円]
●美人司書と女教師と人妻[16193 686円]
【御影 凌】(みかげ・りょう)
●おねだりハーレム 幼なじみと早熟少女[15099 648円]
●敏感少女 秘密のおねだり[14044 648円]
●いけないこと、したい?[13001 648円]
【美里 ユウキ】(みさと・ゆうき)
●女子校生刑事潜入! 学園の秘密調教部屋[20070 719円]
●女教師蟻地獄 恥辱の性処理担任[19128 694円]
●ねらわれた女学園 地獄の生贄処女[18193 722円]
【観月 淳一郎】(みづき・じゅんいちろう)
●美姉妹教師と僕 放課後はハーレム[19166 694円]
●人妻シェアハウスは僕のハーレム[17049 686円]
●ふたご巨乳ナース 僕と義母と叔母と[16058 648円]
●叔母と美魔女 背徳のヨガレッスン[15136 648円]
【深山 幽谷】(みやま・ゆうこく)
●名門女子校生メイド お仕置き館の淫らな奉仕[20120 719円]

●はまぐり伝説[16030 657円]
●儀式 ~真夜中の肉宴~[15208 657円]
●永遠のエロ[14129 657円]
【諸積 直人】(もろづみ・なおと)
●双子の小さな女王様 禁断のプチSM遊戯[20068 705円]
●隣のおませな少女 ひと夏の冒険[19087 694円]
●禁じられた教育実習 清楚な美少女たちと…[18034 686円]
●兄と妹 禁断のナマ下着[17032 686円]
●アイドルは幼なじみ 秘蜜のハーレム[16091 648円]
●無垢な小悪魔たち 言いなりハーレムの8日間[15157 648円]
●美少女たちとのハーレムな3日間[15014 648円]
●あ・そ・ぼ? 美少女たちの危ない夏休み[14075 648円]
【山口 了】(やまぐち・りょう)
●新人秘書研修 ふしだらな淫乱接待[18002 686円]
【柚木 郁人】(ゆずき・いくと)
●奴隷帝国ニッポン 牝奴隷調教機関[20035 719円]
●牝奴隷と牝化奴隷 幼い許嫁の完全調教[18156 694円]
●愛娘譲渡 悪魔の相姦調教[17153 694円]
●奴隷学園 アイドル養成科[16194 686円]
●兄妹奴隷[スレイブ]誕生 暴虐の強制女体化調教[16074 686円]
●処女調教365日[15173 686円]
●JC奴隷×禁虐病棟[15029 686円]
【渡辺 やよい】(わたなべ・やよい)
●美母 裏でお願い[17062 713円]
●人妻 乱れ堕ちて……[16085 657円]
●隣のとろける未亡人[15148 657円]
●いかせてあげます[15058 657円]
●ご奉仕します 人妻家政婦[14114 657円]
【綿引 海】(わたびき・うみ)

●素人告白スペシャル 禁断の人妻懺悔録[17086 686円]
●相姦告白 田舎のどスケベ熟女[17050 686円]
●激ナマ告白 隣のいやらしい人妻たち[17017 686円]
●相姦白書 禁断の昭和回想録[16195 686円]
●性体験告白 独り身熟女たちの性事情[16157 686円]
●濃厚熟女体験 あの夏の禁断の夜[16123 648円]
●豊満超熟白書[16092 648円]
●女教師 禁断【タブー】体験告白[16059 648円]
●熟妻相姦白書[15196 648円]
●女たちの相姦ナマ告白[15084 648円]
●性体験告白 夏の淫らな思い出[15120 648円]
●絶頂体験告白 すごい初体験[15016 648円]
●秘録 昭和の相姦告白集[15002 648円]
●熟れた好色妻たちの告白[14169 686円]
●相姦白書 禁断の関係に堕ちた女たち[14151 686円]
●本当は淫らな隣の奥様[14119 648円]
●禁じられた体験 肉欲に堕ちた人妻たち[14102 686円]
●禁断の相姦告白 熟れた母の秘密[14089 686円]
●投稿 田舎の若奥様 禁断の告白体験[14077 686円]
●激ナマ告白 背徳の相姦編[14058 648円]
●隣のいやらしすぎる奥様[14046 686円]
●相姦ドキュメント 劣情を我慢できない女たち[14027 648円]
●禁断の人妻レポート 淫らに溺れる熟女たち[14018 648円]
●素人投稿ドキュメント 淫らすぎる人妻体験[14002 648円]
●塾妻告白 おいしい不倫[18018 686円]
●人妻告白スペシャル 人に言えない淫らな体験[17185 686円]
●禁断の相姦告白 堕ちていく母たち[13181 648円]
●人妻禁断告白 わたしの誘惑体験[13166 648円]
【性実話研究会】

取ってください

↓　この線で切り

●熟女連姦ツアー 魔の奴隷調教[19202 740円]
●奴隷夫人 悦虐の魔境[18123 740円]
●少女矯正学院破魔島分校 双子美少女の奴隷地獄[17103 740円]
●人妻調教倶楽部[16139 714円]
●奴隷妻・奈津子 完全服従の牢獄[15156 724円]

【睦月 影郎】(むつき・かげろう)

●深夜の回春部屋[20131 750円]
●母と娘と寝室で[20114 705円]
●伯母の布団[20064 705円]
●夜の卒業式[20046 705円]
●僕と先生 教えてください[20013 694円]
●お嬢さまの、脚は夜ひらく[19211 694円]
●人気女優の秘密[19120 694円]
●誘惑夏合宿[19139 694円]
●月影亭擦淫事件[19097 694円]
●淫惑の部屋 美女の残り香[19064 694円]
●美人教師の欲望[19030 694円]
●人妻淫スクール[18208 694円]
●未亡人の指使い[18187 694円]
●後妻の寝室[18150 694円]
●先生のスカートの奥[18117 694円]
●淫脳王[18076 694円]
●お姉さまたちの童貞グルメ[18044 694円]
●義母と…[18026 694円]
●旧家の奥様[17198 694円]
●僕の女体めぐり[17179 694円]
●昭和三十年 東京不倫[17128 694円]
●蜜の閨 誘惑の一夜[16185 694円]
●絶倫王子[16101 657円]
●いじめっ娘ペット化計画[20051 719円]
●はいから姉妹 地下の拷問部屋[19148 694円]

【素人投稿編集部】

●素人告白スペシャル 隣の人妻―夜の淫らな痴態[20123 705円]
●素人投稿スペシャル 禁断の熟妻懺悔録[20106 705円]
●素人告白スペシャル 働く人妻 夜の出勤簿[20087 705円]
●熟年相姦 忘れえぬ母の柔肉[20071 705円]
●素人告白スペシャル 熟妻の不倫懺悔録[20053 705円]
●禁断白書 わたしの衝撃的な初体験[20037 705円]
●激ナマ告白 ヤリたがりの人妻たち[20021 694円]
●禁断の相姦白書 快楽に溺れた淫乱熟女たち[20004 694円]
●禁断レポート イキまくる熟女たち[19203 694円]
●熟年白書 蘇った性春[19184 694円]
●素人告白スペシャル ナイショのお泊まり奥様[19168 694円]
●禁断白書 わたしの衝撃初体験[19149 694円]
●相姦体験告白 禁断のぬかるみにハマった母たち[19129 694円]
●素人告白スペシャル 背徳の人妻懺悔録[19110 694円]
●激ナマ告白 隣の奥様の秘密[19088 694円]
●禁断の相姦白書 禁忌を犯した熟女たち[19072 694円]
●熟年白書 人妻のぬくもり[19053 694円]
●素人告白スペシャル 食べごろ奥様の性生活[19039 694円]
●熟女告白 誰にも言えない痴態[19018 694円]
●相姦体験告白 故郷の性生活[19003 694円]
●人妻白書 禁断の昭和回顧録[18194 694円]
●熟女告白 私が人妻にハマった理由[18158 694円]
●熟女告白 不適切な関係[18085 686円]
●人妻告白スペシャル 初めての衝撃体験[18050 686円]
●激ナマ告白 貞淑妻の淫らな好奇心[17154 686円]
●激ナマ告白 貞淑妻の不適切な交際[17118 686円]
●禁断レポート 感じすぎてしまうオンナたち[18177 694円]
●素人告白スペシャル 熟年世代の回春体験[18141 694円]
●熟年相姦 濡れた母の柔肌[18125 694円]
●禁断白書 ハラスメントな奥様たち[18108 694円]
●禁断レポート 痴女妻[18065 686円]
●禁断告白 奪われた母の操[18035 686円]
●相姦白書スペシャル 禁忌に溺れる女たち[18003 713円]
●告白解禁 昭和の淫ら妻の回顧録[17169 686円]
●禁断白書 相姦体験の誘惑[17135 686円]
●告白解禁 熟れごろ奥様のふしだら体験[17104 686円]
●特濃体験告白 年上妻の淫らなひみつ[17069 686円]
●人妻告白スペシャル はじめての淫ら体験[17033 686円]
●禁断告白スペシャル 四十路妻の淫ら体験[17001 686円]
●禁断ナマ告白 超熟妻たちの性の実態[16176 686円]
●人妻禁断告白 日本の淫らな風習[16140 686円]
●相姦白書スペシャル 母との淫らな思い出[16108 648円]
●禁断の性告白 貞淑妻のゲス不倫体験[16075 648円]
●相姦告白集 熟女との禁断の交わり[16040 648円]
●実録ドキュメント 撮られてしまった人妻たち[15174 648円]
●働く人妻の告白 エッチな残業[15158 648円]
●秘報 覗かれた人妻の性態[15100 648円]
●禁断の素人実話 夫婦の秘密[15030 648円]

↑　のりしろ　↓

↑　この線で切

全国各地の書店にて販売しておりますが、品切れの際はこの封筒をご利用ください。

安心の直送（冊子 小包ほか）が便利です！

●お求めのタイトルを○で囲んでお送りください。代金は商品発送時に請求書を同封いたしますので、専用の振込み用紙にて商品到着後、一週間以内にお支払いください。なお、送料は1冊215円、2冊310円、4冊まで360円。5冊以上は送料・無料サービスいたします。尚、離島・一部地域は追加送料がかかる場合がございます。

＊この中に現金は同封しないでください

●当社規定により先払いとなる場合がございます。

●商品の特性上、不良品以外の返品・交換には応じかねます。ご了承ください。

●お買いあげになった商品のアンケートだけでもけっこうですので、切り離してお送りいただければ幸いです。ぜひとも御協力をお願いいたします。

●当社では、個人情報の紛失、破壊、改ざん、漏洩の防止のため、細心の注意を払っており、個人情報は外部からアクセスできないよう適切に保管しています。

⇐書籍をご注文の場合は84円切手。アンケートのみの場合は、63円切手を貼り、裏面のキリトリ線で切断して投函してください。

＊書名に○印をつけてご注文ください。
表示価格は本体（税別）です。

れをお前に譲るんだから、しっかりと役目を果たしてくれよ）

心のなかで呟《つぶや》き、かるく抱きしめた。

この二日間、ほとんど寝ていなかった。目を閉じると、急速に睡魔が襲ってきた。

その夜、筒井は奇妙な夢を見た。夢のなかの筒井は片足を失っていた。そのなくした足の代わりに、「里美」を嵌めていた。すると、目の前に急に女王様が現われた。神山里佳子だった。

里佳子は怖い顔で何事か叫びながら、筒井を鞭打った。鞭の痛みがお尻のほうにまわった。違和感を覚えて振り向くと、ペニスをつけた里美が、筒井のアヌスを犯していた。

肛門を引き裂かれるような苦痛が、やがて快感へと変わった。すさまじいエクスタシーのなかで、筒井は叫びながら目を覚ました。

夢精していた。栗の花の異臭を放つ白濁液が、「里美」をベッタリと汚していた。

2

筒井と里佳子が見守るなかで、里美は新調された本義足をつけている。

ベッドに腰かけた里美は、屈み込むようにしてソケットを太腿に嵌め、薄い布を空気穴から器用に抜き取り、バルブを締める。こうすることによって、ソケット内が減圧され、大腿部とソケットがぴったりと吸着する。

「どう、ソケットの具合は？」

具合を聞いてみる。一度仮合わせをしているので大丈夫だとは思うが、不安は残る。

「歩いてみないとわからないけど、少しきつい気がします」

里美が顔をあげて言った。一直線に切り揃えられた前髪のすぐ下で、つぶらな瞳が輝いている。

「最初はきついくらいがいいんだよ。立ってごらん、ゆっくりでいいから」

言うと、里美が慎重に腰を浮かせた。

「まだ、体重をかけないで。調節するから」

筒井は里美の前にひざまずき、小さな六角レンチをポケットから取り出した。

レンチを使って、膝継手の初期屈曲角と内転角のアライメントの調節をする。

「歩いてごらん」

微調整を終えて言う。

里美が静かに歩きだした。Tシャツにショートパンツをはいた里美は恐々と歩いている。わずかに肩が上下動し、腰が揺れるのは仕方のないところだ。日常生活を送るうちに足腰が鍛えられて、スムーズな動きになるだろう。

膝をついたままの筒井は、すらりとした健常足とモジュラー義足をほぼ水平の角度で見ることができた。

若干、外側ウィップが見られるのは、下腿部が長すぎるからか？　たぶん、そうではない。まだ慣れていないので、膝があがっていないのだ。

窓のところまで歩いた里美が、ゆっくりと戻ってくる。

「どう、少し重いかな？」

「……歩きだしに、いままでより力が要《い》るような気がする」

里美が不安げに答えた。

「マイコン制御だからね。この形式の場合、どうしても歩きだしに力が必要なんだ。その代わり、歩行の速さにマイコンが対応するから、長く歩くには楽なんだけど」

「そう……じゃあ、歩いてみたい、もっと。いいでしょ、先生？」

里美が、里佳子のほうを見た。

長身に白衣をはおった里佳子が、組んでいた腕をほどいて言った。

「そうね、いいわよ。筒井さん、ついていってあげて。お願いするわ」

「わかりました。院内を散歩させます」

「そう……じゃあ、私は次の患者が待っているから、失礼するわ」

ドアに向かおうとしていた里佳子が踵《きびす》を返して聞いた。

「ほんとうにカバーは要らないのね。よく考えたほうがいいわよ」

里美は骨格式義足をカモフラージュするためのフォームラバーをつけることを、拒みつづけていた。

「要りません。よく考えたすえの結論ですから」

「……そう、わかったわ」

そう言い残して、里佳子は病室を出ていく。後ろ姿が消えていくのを見ながら、筒井は二人の関係の変化を思った。里佳子の里美への支配力が弱くなっている気がする。おそらく、二人に何かが起こっているのだ。他人には窺い知れない何かが。

「行こうよ」

里美が自分から廊下に出た。

筒井もエルボークラッチを二本抱えて、里美の後をついていく。

階段に突きあたると、手摺につかまりながらも、慎重に降りていく。教わった通りに義足を先に降ろし、その後で右足を添える。

「無理するなよ」

「大丈夫。退院するんだから、このくらいできなくちゃ。そうでしょ」

里美が後ろを振り返って微笑んだ。口の端がスッと切れあがった笑みは相変わらず清廉そのものだ。だが、入院してきたときとは何かが違っている。

一階のフロアに降りると、外来患者の視線が自然に里美に集まった。見慣れたはずの筒井でさえ、義足をつけた里美の姿には強い衝撃を受けるのだから、初めてその姿を見た者はその数倍のショックを受けることだろう。

里美もその視線を痛いほどに感じているはずだった。なのに、一向に動じる気配を見せずに、待合室を昂然と横切っていく。

以前はそこに、少女の精一杯の強がりを感じたものだが、いまは不自然さが消えていた。三カ月に及ぶ入院生活が、この深く傷ついた少女に与えたものの重さを思った。

里美は馴染みの売店で、店員のオバサンと親しげな挨拶を交わしながら、若い女性向けのファッション誌を買った。

「休んでいい？　少しだけ」

筒井が頷くと、待合室のソファに腰をおろした。やはり、まだ歩きだしが重いというので、筒井はしゃがんでコンピュータのデータをインプットし直した。

里美は雑誌を開いて、カラーページを見ている。その間も、筒井は多くの人の視線を背中に感じた。ステージ上で観客の視線を受けながら、隻脚の少女の前にひざまずいている自分の姿が、チリチリと焼けるような羞恥とともに思い浮かんだ。

微調整を終えて隣に座ると、里美が雑誌を閉じた。

「頼みたいことがあるんだけど……」

かわいらしく小首を傾げた。

「何？」

「私の左足、どこに行ったか知ってますか？」

想像だにしなかった質問だった。なぜそんなことを聞くのだろう。驚きを隠して一応それに答えた。

「たぶん、地下の保管室にあると思う。おそらく、まだ残ってるはずだよ」

切断された人体の部分はすぐには処分されない。しばらくはガラス瓶のなかでホルマリン漬けにされて保管される。ある物は病理標本にされて研究用に使われるはずだ。

「だけど、なんでそんなこと聞くの？」

先ほどから浮かんでいた疑問をぶつけると、里美が耳に顔を近づけて言った。

「見てみたいの」

「えッ？」

「お別れをしたいの」

すぐには、里美の気持ちが理解できなかった。そんなものを見ても、気持ち悪いだけだという気がする。

それが顔に出たのだろう。里美の表情が険しくなった。

「いやなのね。里美の頼みを聞いてくれないのね」

「そういうわけじゃないが……だけど、それは僕にじゃなくて、里佳子先生に頼むべきじゃないかな」

「あの人は駄目！　あの人は信用できないもの」

筒井は自分の耳を疑った。この子が里佳子をこんな悪しざまに言うとは。

「しかし、保管室には鍵がかかっているはずだし、無断で入ることはできないしね」

逃げの手を打ったが、里美は引かなかった。

「筒井さんなら、できるよ」

そう言って、じっと見つめてくる。

里美が一度言いだしたら、後には引かないことは、これまでの経験でわかっていた。

筒井は少し考えてから言った。

「そんなに、お別れをしたいのか?」

「ええ……吹っ切りたいの。私、まだ幻肢痛が残っているのよ。だから、それを見たらきっと諦められるわ」

「わかった。やってみるよ。ただし、無理かもしれない。そのときは勘弁してくれよ」

「それでいいです。ありがとう……新しい義足、いい感じ」

一転して元気になった里美は、新調した義足のソケットをポンポンと叩いた。

3

翌日の深夜、筒井は地下のエレベータ前の長椅子に腰をおろして、里美を待っていた。

今日、事務室で「確かめたいことがあるから」と嘘をついて、地下保管室の鍵を借りた。鍵屋に走り、合鍵を作った。その後、事務所には鍵を返しておいたから、まず怪しまれることはないはずだ。

ズボンのポケットのなかの鍵をいじっていると、エレベータが降りてきて、ドアが開いた。

里美が出てきた。水色の膝まである前合わせの病衣から美しく伸びた右足とともに、黒い骨が突き出ている。

周囲を見まわしてから、真っ直ぐに筒井に向かってくる。マイコンを微調整したせいか、歩容に違和感はないようだ。

筒井は無言で立ちあがると、常夜灯に浮かんだ廊下を先に立って歩いた。この先に、保管室はある。

霊安室のプレートがある部屋からは、かすかに線香の匂いが漏れていた。それに気づいたのか、里美が身体を寄せてくる。

「今夜はいまのところ、亡くなった人はいないみたいだね」

言うと、里美が腕をギュッとつかんだ。

骨肉腫の場合、治療による十年生存率はたしか五割程度だ。里美にしてみれば、他人事《ひとごと》ではないはずだ。

歩いていくと、保管室のプレートがかかった部屋があった。

「ほんとにいいんだな？　ホルマリン漬けにされてるんだぞ」

念を押すと、里美はこっくりと頷いた。

鍵を差し込んでドアを開いた。

室内は怖いほどの闇に沈んでいた。明かりをつけるのは危険だ。ドアを後ろ手に閉め、持ってきた大型懐中電灯のスイッチを入れた。光の輪のなかに、白く反射するものが浮かびあがった。大量のガラス製のホルマリン瓶である。

目が慣れるにつれて、様々なスケールのガラス瓶におさまっているものの正体が明らかになった。近くにある瓶の底には、クラゲのような白いものが傘を開いて沈んでいた。傘の中央に小さな突起があった。乳癌で切除された片方の乳房だった。

病理標本なのか、ラベルには通し番号とともに患者の名前が記してある。

これならば、里美の左足を見つけることは不可能ではないだろう。だが、同時に不安になった。

こんなものを見て、里美は逆にショックに打ちのめされて立ち直れなくなるのではないのか。世の中には、見ていいものといけないものがある。

里美を見ると、案の定、ギョッとしたように顔をこわばらせている。

「やめるか？」

「……やめない」

「ほんとうにいいんだな。ショックで倒れても知らないぞ」

「大丈夫です」

里美が気丈に答えた。

筒井は懐中電灯の明かりを移動させて、切断肢を探した。まだ新しいのだから、そう奥にあるとは思えなかった。やがて、一メートルほどもある長さの細長いガラス瓶が並んでいる場所が光のなかに浮かびあがった。なかに、白い下肢が見えた。

一番近くにあるホルマリン瓶に明かりをあてて、ラベルを読んだ。番号と年月日とともに、安西里美という名前があった。

「これだね」

長いガラス瓶のなかに、白い切断肢が立っていた。

膝が少し折れ、十数センチの大腿部は切断の痕跡を残し、皮下組織と脂肪が溶けかかっている。だが、膝から下は生前のままだった。

血液がなくなったせいか、それは白い蠟細工のように美しかった。

振り返ると、里美が食い入るように白蠟の足を見ていた。

他人の足でもこれだけのショックがあるのに、それが自分の切断肢であったらどんな気持ちだろうか？

暗澹《あんたん》たる心境で、里美の様子をうかがった。

茫然と立ち尽くしていた里美が、目を瞑った。ふたたび目を見開いた。視線が自分の足に落ちた。決して血が通うことのない金属の骨格に。

次の瞬間、ふいに里美がしゃがみこんだ。頭を抱えて、いやいやをするように首を振った。筒井は声をかけることもできなかった。慰めなど無用だろう。自分の足に見切りをつけるのには、時間が必要なはずだった。

里美の声が聞こえた。低い声だった。

「筒井さん、どっちが好き？」

「……どっちって？」

「瓶のなかの足と、いま、私についている機械の足よ……正直に言って。傷つかないから」

「どっちも魅力的だが、どちらかを選べと言われれば、機械の足だな」

「ほんとう？」

「ああ、ほんとうだ」

里美が立ちあがった。

腕にしがみついてきた。一人では立っていられないのだろう。

「もう、いいんだろ？」

聞くと、里美が頷いた。

出口に向かおうとすると、里美が腕をつかんで引き止めた。

「どうした？」

「……して」

「してって、何を？」

「セックス……」

里美がボソリと呟いた。上目遣いで筒井を見て、下腹を押しつけてくる。その淫蕩《いんとう》な雰囲気で、里美が本当に求めていることがわかった。

「……ここで？」

「ええ、ここでしたい」

目尻の切れあがった大きな目のなかで、純粋種の瞳が虚無と官能の光芒をたたえて、ピタリと見据えてくる。

何がこの少女を掻き立てているのか、つかめなかった。だが、里佳子がそうであるように、里美にとっても切断肢は官能の根源なのだろう。自分の人体の部品が命をなくして、ホルマリン溶液に浮かんでいるのを見たとき、おそらく身体の奥底で官能が目覚めるのだ。

筒井は強い磁石に引き寄せられるように、里美を抱いて唇を奪った。ふらつく里美を壁に押しつけて柔らかな唇を貪る。

舌をさぐると、里美は何かにせきたてられるように情熱的に舌をからめ、強い力で背中に爪を立ててくる。

次の瞬間、舌を噛まれて、とっさに突き放した。

里美は喘ぐような息づかいで身体を震わせ、眉根を寄せている。

完璧な容姿の美少女だけに、全身からただよう生臭い女の雰囲気が、筒井の性中枢を鷲づかんだ。

口腔に血の味を感じながら、病衣の裾をまくった。下着のなかに手を入れた。

温かくすべすべした下腹の奥に、熱いぬめりが息づいていた。

夥しい粘液にあふれたそれは、ちょっと押しただけで柔らかく沈み込んで、指にまとわりつく。

指を動かすと、ネチッ、ネチッという音とともに潤みがあふれでた。

凶暴な力が筒井をせきたてていた。

前に屈んで、パンティを脱がした。白くたおやかな右足と黒い骨格だけの左足のコントラストが煽情的だった。

立ちあがり、左足を持ちあげた。冷たい金属の感触が伝わり、膝継手が軋んだ。劣情の化身を、里美に埋め込んだ。

里美はくぐもった声を洩らして、ギュッとしがみついてくる。首の後ろに手をまわし、苦しげに眉根を寄せて、顎をのけぞらせた。

力強く突きあげた。テクニックも何もなかった。そうしないと、欲望のスピードに置いていかれそうな気がした。

「うッ、うッ、うッ」

くぐもった声を洩らしながら、里美は泣いているように眉根を寄せている。

いま、自分がそうであるように、里美は表面的な性の悦びを享受しようとしているのではないだろう。そうではなくて、人体の一部の死を直視した里美は、もっと深い生の証が欲しいのだ。

苦しみに似た極限の感性だけが、薔薇の棘《いばら》に指を刺されたものだけが、薔薇の花の美しさを感じることができる……そう説いたのは、マルキ・ド・サドだった。

里美は切断肢に別れを言いにきたのではない。むしろ、それを自分のなかに取り込みたかったのだ。

この少女は、それを無意識のうちにやっている。少女が純粋で無垢だと決めつけたのはいったい誰なのか？　実際の少女はもっと狡猾《こうかつ》だ。そして、勘がいい。

どこからか、絶頂を迎える生臭い呻きが聞こえた。

それは目の前の少女が放ったものではなく、天から舞い降りてきた声だと、筒井は思うことにした。

4

その後、筒井は里美を二階にあるギプス室に連れていった。このままではどうせ眠れやしない。

石膏が匂う狭い部屋で、里美は椅子に腰かけて、所在なげにソケットを触りながら、あまりの汚さに部屋を片づけている筒井を見ていたが、

「ありがとうございました」

と、頭をさげた。

「……気が済んだ？」

「ええ」

「そう、良かった」

筒井は向かいの椅子に腰をおろして、あらためて里美を見た。

水色の病衣を身につけて、白と黒の大腿部をぴっちりと合わせている里美は、先ほどの乱れようが嘘のように清廉で美しい。

「ひとつ、聞いていいですか？」

「うン？　いいけど、何かな。怖いな」

「筒井さん、義足フェチですよね」

「ああ、たぶん」

「究極の選択です。きれいな女の人と、ブスだけどお気に入りの義足をつけた女の人がいます。筒井さんは、このうちの一人と寝なければいけません。筒井さんは、どちらを選びますか？」

そう言って、口許に涼しげな笑みを浮かべた。

「困ったな。一概には言えないよ。きれいと言っても、レベルがあるし。タイプかどうかでも違う。ブスだって、同じことが言えるしな。それに、義足の似合うブスだっているんだよ……まあ、その場になってみないとわからないな。下半身が反応したほうに行くとしか言いようがないよ」

「それじゃあ、答えになってないわ。これは究極の二者択一なんだから」

里美が言った。気がゆるんだのか、大腿部が少しひろがって、むっちりした内腿と黒のソケットの曲面が見え、ドキリとする。

「勘弁してくれよ」

「ダーメ。ちゃんと答えなさい」

こういうときは、相手の求めている答えを返すに限るが、しかし、里美がどちらを好むかが判然としない。

義足をつけたブスを選んだほうが無難な気がするが、それだと、義足をつけた女性なら誰でもいいのかということになる。だが、どちらかを選べと言われれば、やはりこちらだろう。

「義足をつけたブスだな」

答えを返すと、里美が口許に冷笑を浮かべた。

「ふふっ、無理したでしょ」

「無理してないさ」

「カッコつけてる」

「違うよ」

「まあ、いいわ。一応、合格かな」

そう言ってから、里美はしばらくの間黙っていたが、やがて、

「筒井さん、ここに触っていいわ」

左の義肢に触れた。

「こちらの顔色をうかがうようなことはしないで。いいって言ってるんだから。それとも、恥ずかしい？　自分の欲望をさらすのが恥ずかしい？」

透明感のある瞳で見据えられると、自分に嘘はつけなかった。

筒井は里美に近づいて言った。

「脱いでくれるか」

「欲張りなのね」

そう言いながらも、里美は病衣の紐をほどいて前合わせの病衣を開いた。

色白の裸身が現われた。たおやかな身体を隠すものは何もなく、標本にしたくなるような均整の取れた乳房がツンと上を向いている。

僅かな繊毛の見える下腹部に目をやると、里美が義肢を持ちあげて、右足の上に組んだ。円柱形のソケットが持ちあがり、その下に金属の骨格がだらりと垂れさがっている。その無機質な光沢感と、女の肌の同居が、たまらなくエロチックだ。

つるつるした円筒部から、マイコンが内蔵された複雑な機械部へと撫でおろしてい

く。そうしながら、片方の手を使って健常足の大腿部を撫でまわす。

「筒井さん、やっぱり、エッチ……手つきがいやらしいわ」

「しょうがないよ。どんなに気取った男だって、正体はこんなものさ」

「……里佳子先生もそうおっしゃってたわ」

里美は遠くを見るような目をした。それから、ドンと筒井を突き放した。不意討ちを食らって、筒井は後ろに引っ繰り返った。

体勢を立て直す間もなく、里美が立ちあがった。

仰向けに倒れた筒井を見下すように言った。

「ズボンを脱いで。早くして」

女王様の言葉だった。

筒井は急いでズボンとトランクスをおろして、足先から抜き取った。股間から肉茎が激しくいきりたっていた。

里美がチラッと視線を投げた。それから、義足を持ちあげた。冷たいソールが分身に乗った。肉茎が裏筋を見せて腹に張りつく。

次の瞬間、里美が薄く笑った。グイと体重をかける。

「くくッ」と歯を食いしばって、筒井は圧迫感をこらえた。

「なんか、グリグリしてる。面白いわ、これ」

言いながら、里美はソールで踏みつけてくる。左右に揺すられて、肉茎がいっそう硬度を増した。苦悶のなかに潜む快美感を味わいながら、里美を見あげた。

すらりと長い足だ。だが、片方にはロボットの足がついている。左右のコンパスが合わさる部分には秘めやかな繊毛が撫でつけられ、女の貝がシェルピンクにぬめっていた。

美しいS字カーブを描く肉体は少女のたおやかさと女の肉感をたたえて、神々しいほどに幻想的だった。

里美が言った。

「筒井さんは、私のなくなった左足なんだわ。これからずっと、左足の代わりを務めるの。退院してからも、ずっと……わかった？」

「ああ、わかったよ」

答えると、里美の表情がほころんだ。

踏むのをやめて、腰の横にしゃがんだ。右手を伸ばして、ペニスを握った。小さな貝殻を先につけたすんなりした指が、おぞましい肉茎の表面を、静かに擦りはじめた。

第九章　打擲

1

　高浜イオリは音楽治療室の椅子に深々と腰をおろして、里美の弾く「G線上のアリア」を聴いていた。

　里美に、退院する前に演奏を聴いてください、と言われたときは驚いた。入院してからもたった一度の見舞いしか許さなかった里美が、突然、演奏を聴いてくれと言う。いったいどんな心境の変化なのか、正直つかみかねた。だが、いい兆候には違いない。

　里美が入院してから、門下生にレッスンをつけていても、心にぽっかりと穴が開いているようで、自分がいかに里美に入れ込んでいたのかを思い知らされた。安西里美はバイオリニストの父から演奏家としての才能を受け継いでいた。そして、この美貌……。神が造ったものでこれ以上に美しいものはありえない。

この前、病院の庭で義足の里美を見たとき、強い衝撃を受けた。神はこの少女にさらなる美を与えたのだ。不具なる者は聖性を帯びていると、誰かが書いていたが、光と陰が交錯するその神々しい姿は清らかであると同時に、犯罪的なほどにエロチックだった。あのとき、高浜は自分のなかに潜む獣欲が蠢くのを感じとっていた。

一時はその宝物が自分の手の内から逃げていくのではと気を揉んだ。だが、こうして演奏を聴いてほしいというのだから、まだ可能性はあるということだ。

高浜は目を閉じて、その音に聴き入った。しばらくの間、見てやれなかったのに、移弦も指のポジションもいささかの狂いがない。それ以上に、弦から弾き出される音は流麗で叙情性に満ちている。

何かをつかんだのだろう。もともと、テクニックのある子だったが、以前の里美には何かが欠けていた。演奏する自動人形……楽曲はただ譜面どおりに弾けばいいというのではない。譜面を読むこと、即ち解釈が必要なのだ。なぜバッハはこの音譜を記したのか？　その答えが見いだせなければ、楽曲を究めたことにはならない。だが、いまの里美には、音譜ひとつひとつへの細やかな愛情と全体を貫く強靭な構成力が感じられた。

安西里美は左足の代償として、その肝腎なもの、即ち演奏家の魂を手に入れた。いや、手に入れかけている。演奏家のなかには、一生かかっても、それを手に入れることのできない者が掃いて捨てるほどいるというのに。

かるい嫉妬を覚えつつ、高浜は目を見開いて目の前の少女を見た。

かるく目を閉じた里美は、旋律に身を任せて身体を揺らしている。長くなったボブの前髪が眉を隠し、蠟細工のような美貌は、以前より陰影に満ちて美しい。

右肘を張って、カーボン弓をスムーズにすべらせている。左耳の横で、しなやかで強靭な指が弦を押さえ、手品師のようにポジションを変える。

そして、黒の発表会用のワンピースの胸元は大きく開いて、色白の胸が官能的な丸みをのぞかせていた。

たった三カ月で、少女はこうも変わるものなのか。少女から大人への移行期の女がかもしだす独特の色気が感じられた。そして、高浜は危うさを内包したこの時期の少女に限りなく愛着を覚えた。

「G線上のアリア」が終盤に入った。静かだが伸びやかな音が、高浜を至福の境地へと導く。

膝下のフレア気味の裾から、チェロを挟み込んだ左足の黒い機械の脛《すね》が見えた。膝の部分はロボットの関節のようでその下は一本の骨のようだ。その骨は赤のハイヒールへと繋がっていた。

アリアがもたらす宗教的恍惚のなかで、高浜は聖母マリアの前にひざまずいて懺悔をしている自分の姿を想った。いや、むしろマグダラのマリアのほうか……。そして、マグダラのマリアは黒い義足に赤のハイヒールをはいている。

ふと気づくと、チェロの音がやんでいた。静寂のなかで、衣擦《きぬず》れの音がした。目を開けると、弓を持ったまま里美がこちらを見ていた。演奏の酔いから醒めやらぬ濡れた瞳が、こちらの様子をうかがっている。

高浜はうなずきながら、拍手をした。

「悪くない。入院前より、良くなっている」

言うと、評価に安心したのか、ようやく里美の表情が和らいだ。

高浜は立ちあがり、窓から外を見た。病院の庭には人々が行き交い、夏の装いを身につけた木々の緑がここぞとばかりに生を謳歌《おうか》していた。気になっていたことを聞いた。

「ところで、きみはこれからどうする？　退院してからのことだが」

しばらくすると、里美が言った。

「留学したいんです」

「……留学？」

「ええ。ドイツに行きたいんです」

高浜はこれまでも、優秀な門下生を推薦して、ドイツのシュトゥットガルトにある音楽アカデミーに送り込んできた。

里美ほどの素質の持ち主なら、推薦してもおかしくはない。それに海外では義足であっても、日本ほど奇異の目で見られることはないだろう。だが、障害があった。

「しかし、今年の留学生は、門倉亮子《かどくらりようこ》に決まっているんだ。それはきみもわかっているはずだが」

門倉亮子は高浜が教授を務める音大の学生で、日本音楽コンクールで二位に入賞していた。

「来年もわからないぞ。うちには優秀な生徒が山ほどいるからな」

高浜は近づいて、肩に手を置いた。ノースリーブの丸みを帯びた肩が小さく震えた。

「それに、きみは私のことを嫌っているんじゃなかったかな？　そんなきみが私に留学を頼んでくるとは……どんな心境の変化かね？」

皮肉を込めて言い、肩を撫でた。里美が顔をあげて言った。

「パパに……会いたいんです」

そうか、と思った。里美の父は将来を嘱望されたバイオリニストだったが、ドイツで女を作って家族を捨てた。いまもドイツの無名のオーケストラに籍を置いているという話を風の噂で聞いている。

「お前を捨てた男じゃないか。もう十年たっているだろ？　いまさら会っても、向こうも迷惑なだけじゃないのか？」

「……そうかもしれない。でも、会いたい」

里美は高浜の手を握った。

「どうしても行きたいの、先生」

腕をつかんだ指に、力が込められる。

「現状では無理だ。きみも音大に進んで、それからで充分じゃないか」

「早く行かないと、私、きっと駄目になる。だって、こういう身体なのよ」

里美がスカートをまくりあげた。黒の円柱が丸みを帯びた姿を見せた。金属の足が憐れだった。

「無理を言っているのはわかっています。だから、ただで推薦を頼んでいるのではありません。私、ここで色々なことを学んだの」

そう言って、里美は高浜の腕を胸元に誘った。ひろく開いた襟元のなかに、高浜の手が導かれる。

「……私を誘惑しようというのか？　この私を？」

「……だって、先生、こうしたかったんでしょ。それとも、女のほうからせまられるのはいやですか？」

高浜は「私を誰だと思っているんだ、舐めるんじゃない」と怒鳴りつけてやりたかった。威厳を保つにはそうするべきだった。

だが、そうするにはあまりにも高浜は里美の肉体に欲望を持ちすぎていた。

答えを返す代わりに、高浜は右手をさらに奥へとすべり込ませた。しっとりと汗ばんだ乳肌をつかむと、柔らかな肉の感触が指を押し返してくる。

三年前、初めて里美の胸に触れたときは、こんなに大きくなかった。少女の青い蕾はすでに女のそれへと変化しつつあるのだろう。

指にまとわりつく乳房を揉んで、トップの小さな果実を指で挟むと、「あッ」と声をあげて、里美が顔をのけぞらせた。

里美はかってはガラスの瞳を持つ西洋人形だった。チェロを演奏する自動人形だった。だがいま、その自動人形は女の肉体を持とうとしているのだろう。

「こんなことをしても、お前の願いを聞き入れられるかどうかわからないぞ。それでいいのか?」

「……先生、きっと里美の願いを聞き入れてくださるわ」

里美が言った。確信に満ちた言い方だった。

高浜にはこれ以上里美を拒む理由が見当たらなかった。

(お前がそれを望むなら、それもいいだろう。その取引に応じようじゃないか)

高浜は心のなかで呟き、乳房を揉む指に力を込めた。

痛ましいほどにせりだした乳首をこねてやると、里美は小さく呻いて、高浜の前腕に爪を立てた。

身体を屈めて、首筋に接吻する。オカッパの黒髪からのぞく襟足にキスをして、後ろから抱きしめた。

弓が床に落ちる、乾いた音が部屋に響いた。

2

高浜は先ほどまで里美が座っていた椅子に腰をおろして、立ち尽くしている隻脚の少女に目をやった。

ワンピースを脱いだ里美は、恥ずかしそうに左右の乳房を隠している。最初から高浜を誘惑するつもりだったのか、下着はつけていなかった。

十七歳の少女が毛嫌いしている男に、父に会いに行くために身を任せようとしている。その心持ちを思うと、何やらサド的な興奮が押し寄せてくる。

高浜はギョロ目を剝いて、里美の裸身を鑑賞した。まるで外国の雑誌で見る少女娼婦のようだ。腰には黒のガーターベルトが巻かれ、サスペンダーが右足の大腿部までの黒のストッキングを吊っていた。

ショーツをはいていないので、白い下腹にうぶ毛のような飾り毛が見える。その生々しさと、左足の金属の義肢のコントラストが奇妙なエロスを生んでいる。

以前の無垢な少女の魅力は失せたが、その代わりにこの女は倒錯美という深淵の美を手に入れたのだ。

そしていま、高浜はこの至上の少女を自由にする権利を獲得した。

「さて、どうしようか……まずは、ひざまずいてもらおうか」

言うと、里美が腰を落とした。まず正常な右足の膝をつき、それから左足をつかんで折り曲げるようにしてマシンの膝もつく。バランスを取るためか、手を床について前屈みになっている。その姿勢が許しを請う格好に似て、高浜の支配欲は大いに満たされる。

ズボンをさげ、里美の髪をつかんで引き寄せた。

咥えさせようとすると、里美が腰を引いた。

「こんなこともできないようなら、くだらない駆け引きはやめるんだな。話は聞かなかったことにしよう」

里美の目に強い光が宿った。キッと高浜を睨みつけた。それから右手を伸ばし、肉茎に添えた。

何人もの門下生の処女を奪ったペニスだった。浅黒く節くれだったそれは、さすがに若い頃ほどの勢いはないが、それでも充分すぎるほどに勃起している。

里美がおずおずとそれをしごきはじめた。血管が根っこのように走る茎胴を握って、しなやかなリストワークで上下に擦る。

うつむいたり、顔をそむけたりして屹立をしごいていたが、息づかいが乱れ、剝き出しの肩が大きく上下動しはじめた。

咥えるように言うと、静かに口を寄せてくる。赤い唇を唾で濡らし、おちょぼ口で頰張る。

すぐに指が退いていき、全体が温かなぬかるみに覆われた。豊潤な唾をたたえた舌が節くれだった表面をなぞり、まとわりつく。

(いったい、いつこんなことを覚えたんだ!)

どうせ下手くそだろう思っていたのが、予想を裏切られた。この間までは身体に触れただけで、身体をこわばらせていた。どう見ても処女だった。ということは、入院中に男でもできたのか？　きっとそうだ。

脳裏に、この前中庭で見た筒井とかいう優男の顔が浮かんだ。あの男が里美を見る目は恋人を見るそれだった。

(あいつだとしたら、許せんな)

高浜は、自分より先にこの少女を穢した者がいることが許せないのだ。そして、男に身体を許したこの女も……。

里美を辱しめたくなった。オナニーするように命じると、里美がエッというように上目づかいで高浜を見た。

「いいから、やるんだ」

再度強く命じて、里美の右手を股間へと導いた。

ためらっていた指が、おずおずと動きはじめた。

両膝をついて身体を預けるようにしながら、屹立を咥えこんだまま、秘芯に指を走らせる隻脚の少女。

強い情欲に駆られて、乳房をつかんでトップを捏ねると、里美はくぐもった呻き声を洩らして、いまにも泣きだささんばかりに眉を折り曲げる。

だが、そんな表情とは裏腹に、股間に伸びた指はスリットを掃き、円を描く。

(かわいい顔して……たまらんぞ)

高浜は黒髪をつかんで顔を前後に揺すり、口腔に勃起を打ち込んだ。

「うふッ、うふッ、うッ」と苦しげな呻きが洩れ、そのなかにネチッ、ネチッという潤みを攪拌する粘着音がしのび込んでくる。

へっぴり腰で後ろに突き出されたヒップが「ううンン」という声とともに、いやらしく左右に揺れる。

これ以上咥えさせると、暴発してしまいそうだ。高浜は顔を突き放すと、椅子から立ちあがった。

オナニーを続けさせ、その姿を観察する。

里美は恥ずかしそうに顔を伏せながらも、四つん這いになってヴィーナスの丘をかきわける。

後方に突き出されたヒップは若々しく張りつめて、それを支える大腿部の円柱も神々しいほどの官能美をたたえている。

だが、高浜の視線はどうしても左の大腿部に引き寄せられる。黒のソケットに包まれたロボットの足に。その機械の足と生身の大腿部が交わる秘密めいた箇所を、ほっそりした指が淫らに這い、あふれでた愛蜜が内腿を濡らしていた。

この異様な官能を何と表現したらいいのか？　自分は決して踏み込んではならない領域に踏み込んでしまったのでないか？

だが、ネチッ、ネチッという淫靡な粘着音が、そんな高浜の怯えを奪っていく。

「もっと足をひろげろ。ケツを高く持ちあげなさい」

そう命じて、腰のあたりを押さえつけた。里美の姿勢が低くなり、それに反してヒップがせりあがった。

上体を低くして弓なりに背中を反らせ、高々とヒップを持ちあげた隻脚の少女。

こらえきれなくなって、高浜は里美のウエストをつかんで引き寄せる。微塵の崩れもない処女に等しい花肉が、わずかに肉孔をのぞかせて誘うように潤みを見せていた。

切っ先で窪みをさぐって、腰を入れようとした瞬間、里美が「いやッ」と叫んで腰を逃がした。

高浜が逃げた腰を追おうとすると、里美が振り向いた。

「この格好は、もういやッ。足がつらいの。こっちの足が……」

そう言って、義足に触れる。

「上になりたいの。それなら、大丈夫なの。お願い、そうさせて」

そう哀願の目を向けられると、高浜としても認めないわけにはいかなかった。

いいだろう、と答え、自分から床に仰向けになった。

里美は立ちあがると、高浜の下半身をまたいだ。すらりとした長身の裸身が威圧するように立っていた。

それから、里美は徐々に腰を落とした。左右の大腿部が折り曲げられ、その奥の濃厚な場所があらわになった。

里美は右足に体重をかけた不自然な姿勢でしゃがみ、高浜の屹立をつかんだ。その先を花芯にあてると、擦りつけるように腰を前後に揺する。

ヌルリ、ヌルリと敏感な先っぽが潤みをすべる快感に、高浜は思わず呻いていた。

（こいつ、いつからこんな大胆なことを……）

美少女の淫らな行為に性中枢を刺激され、高浜は興奮の極致へと舞いあがる。そのとき、切っ先がわずかな抵抗感を残して、ググッと肉路に吸い込まれていった。

下腹部を満たす充足感に、高浜はふたたび唸《うな》った。

ペニスがとろけるような快美感をこらえて、里美を見る。里美は前のめりになって、腰から下をゆるやかに揺らしていた。

長さを切り揃えられた黒髪が前に落ちて、美貌に深い陰影を作っている。

高浜はたまらなくなって、腕を伸ばして乳房を揉んでやろうとする。すると、

「駄目ッ……先生は何もしないで」

ぴしゃりと撥《は》ねつけて、里美は高浜の両腕を身体の脇に押さえつけた。

体重を前にかけながら、腰を前後に揺すって、体内に呑み込んだ肉茎を出し入れする。恥毛を擦りつけるようにして、「あッ、あッ」と切なげな声をこぼす。

少女の淫らな行為に、高浜も追い込まれていく。

すると、里美は上体を立てて、完全に股間にまたがった。両手を高浜の腹について

バランスを取り、茶臼《ちゃうす》の形でヒップを擦りつけてくる。

足を開いているので、醜悪な肉の棒がヴィーナスの丘にすっぽりと呑み込まれているさまがよく見える。

腰を前後に揺すっていた里美が、やがて、ゆるやかにまわしはじめた。甘えるような女の声をこぼしながら、くなり、くなりと腰から下をグラインドさせる。

その淫蕩な眺めに、高浜も急激に追い込まれていく。

靄がかかったような視界のなかで、少女のスレンダーな裸身が白く発光していた。

「先生、いい？　いいですか？」

里美がさしせまった様子で聞いてくる。

「ああ、いいぞ。最高だ」

そう答えた高浜は、逼迫した感覚に襲われて、思わず下腹部を突きあげていた。

「あッ、ああァ……イッちゃう。里美、イッちゃう！」

里美の声が聞こえた。押しつけられたヒップが激しく前後に揺すりあげられる。

分身が根こそぎ持っていかれるような強烈な締めつけ感に、高浜も唸りながら下腹部をせりあげた。

その直後、稲妻のような衝撃が高浜の身体を貫いた。

3

高浜は何が起こっているのかつかめないまま、床に這わされていた。

射精したはずなのに、高浜のそれは怒張しつづけていた。淫蜜にまみれた肉茎に里美の指が巻きつき、まるで乳搾りでもするようにしごかれている。

これでは立場が逆だった。何とかして主導権を奪い返さなくてはと思うのだが、下腹部の溶けるような愉悦が高浜の意志を奪っていく。

里美がいきなり立ちあがった。何かをさがしていたが、やがて、床に転がっていた弓を見つけて、それをつかんだ。

里美の表情が険しくなったのを見て、

「おい、何をするんだ」

高浜はとっさに立ちあがろうとする。だがその前に、空気を切り裂く音とともに弓の背が降ってきた。

ビシリッと脇腹を打たれ、高浜は悲鳴をあげて、打たれた箇所を押さえた。

カーボングラファイト製の弓だから、しなりも弾力もある。弓の背がしなるようにして脇腹に食い込む痛みは、尋常ではなかった。

高浜は気力を振り絞って、弓を奪いにかかる。だが次の瞬間、鞭と化した弓が再度振りおろされた。今度は大腿部を打たれ、その焼ける激痛に高浜はもんどりうって倒れた。うつ伏せになった高浜の背中や臀部に、弓の鞭が容赦なく襲いかかった。

高浜はとっさに、振りおろされた弓をつかんだ。

「こんなことをしてもいいのか？　留学の件が駄目になるぞ」

「大丈夫。先生はきっと里美の言うことを聞いてくださる」

里美は確信ありげに言って、高浜の顔の前に立った。

赤いエナメルのハイヒールが、妖しい光沢を放っている。ふと、この靴を舐めたいという欲望を感じて、あわててそれを打ち消す。

「先生は、里美のことが好きでしょ？　正直に答えなさい」

好きだと答えたかった。だが、それはプライドが許さなかった。

「ほら、それが素直じゃないって言ってるの。もう一度、聞くわ。先生は里美が好きだよね。どうしたの？　答えないと、今度は蹴るわよ。好きよね」

里美が言った。今度は持ちこたえられなかった。

「ああ、そうだ。私はお前を愛している」

「やっぱりね……だから、時々、里美のオッパイを触ったりしてたんでしょ？　だって、好きでもないのにあんなことをしたら、犯罪だもの。そうだよね」

高浜は無言でうつむいた。

「考えたら、私、先生のことを告発できるよね。未成年への性的虐待……今日のことだって、レイプされたって言えば、みんなはきっと里美を信じるわ」

こいつ……！

高浜は唖然として、里美を見あげた。健常足と義肢とですっくと立っている。あらわになった乳房を隠そうともせず、両手で弓を持って。

「どうしたの？　急に元気がなくなったじゃない。もう、降参？」

里美がしゃがみこんだ。目の前に、サスペンダーの走る大腿部と、その奥に濡れた秘所が見えた。たったいま、ペニスを受け入れたばかりだというのに、そこはぷっくりした肉丘にせめぎあうようにして護られている。

「ねえ、もう一度、する？　セックス」

里美が微笑んだ。天使と悪魔が交錯した笑顔だった。

「でも、もう時間がないの。そろそろ、里佳子先生がいらっしゃる頃だもの。知ってるよね、あの女の先生……とっても恐いのよ。だから、またこの次にしようね」

子供に言い聞かせるように言って、里美は立ちあがった。

弓を置いて、黒のワンピースを着けはじめる。

いったい何が起こったのかつかめないままに、高浜はよろよろと立ちあがった。

打擲《ちょうちゃく》を受けた脇腹がチリチリと焼けるように痛み、それが高浜の敗北感を駆きたてた。

4

里佳子は検査室から送られてきた安西里美の検査データを見て、眉をひそめた。

退院を一週間後に控えて、念のため血液生化学検査を行なったのだが、意外なデータが出ていた。

血清アルカリフォスファターゼと、乳酸脱水素酵素の検査値が高くなっている。この値が検査ミスでなければ、骨肉腫が再発していることも考えられる。

(まさか……そんなはずはないわ)

里佳子は頭に浮かんだ発病の可能性を打ち消した。この値が示すほどの状態であれば、里美にも当然自覚症状があるはずだ。しかし、最近、里美が疼痛を訴えたという事実はない。昨日も、高浜に演奏を聞かせた後に迎えに行ったが、元気なものだった。

(何かの間違いだわ、きっと)

里佳子は医局の椅子に背中を凭せかけ、両手を頭の上で組んだ。ギーッと背もたれを軋ませて、里美に施した一連の処置を順に追ってみる。

手術前には腫瘍細胞の散布を防ぐために化学療法を施した。左大腿部下端の原発巣は切断によって取り除いた。術後は経過が良好だったこともあって、投薬は中止していた。その間に、どこかに病巣が形成されたのだろうか？　もしそうであるとすれば、右大腿部の長管骨の可能性が高い。

とにかく、明日もう一度再検査をしてみよう。そうすれば、はっきりとする。いまできることがあるとすれば、直接里美に会って、自覚症状の有無を確認することだ。

里佳子は医局を出て、外科病棟の廊下を歩いて、三〇八号室に向かった。白衣の裾をひるがえし、昂然と胸を張って歩く。スラックスをはいているので、左足が義足だと見破れる人はまずいないだろう。

エレベーターで三階に降り、三〇八号室に向かって歩いていくうちに、里美とのこの三カ月が走馬灯のように脳裏をよぎった。

忸怩《じくじ》たる思いが込みあげてきて、里佳子は唇を嚙む。

交通事故で片足を失ってからの二十年間、里佳子は常人の何倍もの労力を使って、整形外科医としての道を切り開いてきた。仕事面でもプライベートな面でも、こうしたいと願ったことはほぼパーフェクトに実現してきた。だが、里美だけは思いどおりにならなかった。里美は自分の支配下に入ることを拒んだ。

病室で逆に里美に組み伏せられてから、里美とは肉体的な接触は持っていない。私はあの子に負けたのだ――そう思った途端に、背中に冷たい汗が噴き出してくる。

だが、検査に見られるように里美の骨肉腫が再発しているとすれば……。もしかしたら、天は私に再度の機会を与えてくださったのかもしれない。

三〇八号室の前で立ち止まり、入口をふさいでいるカーテンを開けて部屋に入った。

里美はベッドで上体を起こして、教則本を開いていた。里佳子の顔を見ると、ニッコリと微笑みかけた。その余裕に満ちた笑みが、まるでこちらが見下されているようで、いい気持ちはしなかった。

「どうしたの、先生？　なんか、暗い顔していらっしゃる」

里美が教則本を横に置いて、話しかけてくる。

「そう？　べつに暗い顔をする理由はないんだけど」

そう言って、ベッドの脇に立った。

里美はTシャツにショートパンツというラフな格好で、足を伸ばしていた。ショートパンツから出た左足が大腿部の途中から丸く収斂して消えているのを見ると、あらためて、この子は片翼をもがれた天使なのだと認識させられる。

「この前、血液検査をしたでしょう。その結果が出たんだけど……」

そこまで言って、里佳子はベッドの端に腰をおろした。

「……何？　結果がどうかしたの？」

里美がぶっきらぼうに聞いてくる。

「あまり思わしくないのよ。たぶん、こちらの検査ミスだと思うのよ。だから、明日もう一度血液検査をしたいの。了承してもらえるわね」

すぐに承諾の返事がくると思っていた。だが、そうではなかった。里美はじっとうつむいたままで答えない。

「どうしたの？」

「……そんな必要ないわ。だって、里美は元気だもの。間違いだって決まってるんだから、検査の必要なんてないわ！」

その強硬すぎる態度に、もしやという気持ちが芽生えた。

「ちょっと、診させて」

里佳子が右足を触診しようとすると、その手を里美が振り払った。

「いやよ、触らないで！」

「いいから」

里佳子は力ずくで右足を押さえつけた。ショートパンツから伸びた足は異常があるとは思えなかった。だが、わからない。表面に浮腫が出ないケースもある。

「やめて」と身体を突き放そうとする里美を押さえつけて、膝の上の大腿骨下端周辺の組織をかるく押した。

「つッ」と里美が歯を食いしばった。

もう一度押した。里美は今度もつらそうに顔をゆがめた。

「痛むのね。なぜ言わなかったの。こんな大切なことを隠して、どういうつもり！」

怒りが喉元を衝いてあふれでた。

里美は何も言わなかった。いまにも泣きだしそうに唇を嚙んで、悲しげな瞳を向けている。

短い沈黙が過ぎた。「うッ、うッ」と嗚咽がこぼれ、里美は両手で顔を覆って泣きだした。震える肩が憐れを誘った。

第十章　蜜月

1

「切るのだけはいや、絶対にいやっ……もしも、足を切ったら、私、先生を殺すわ。ほんとうよ」

　ベッドに身体を起こした里美が、殺気だった目を向けた。

「両足を切断して、そんな芋虫のような身体で私を殺せるかしら？」

　そう言って、里佳子は正面から里美を見つめた。里美は何か言いかけてやめ、唇を嚙んだ。瞑った瞼から、ふいに大粒の涙があふれだした。

（ふふっ、戻ってきた。里美がまた私のもとに戻ろうとしている）

里佳子は高笑いしたいのをこらえた。

血液検査の異常を受けて、X線検査をした。検査像には、右大腿長管骨の骨端にわずかだが、骨破壊と新生が認められた。

境界が不明瞭で悪性の可能性が高かった。確定診断のために病理組織像を撮った。

診断は初期の悪性腫瘍であった。

骨肉腫の再発は珍しいことではない。だが、左大腿骨に続いての右大腿骨への発症は、神様の悪戯としか思えなかった。それもかなりあくどい悪戯——。

だが、それが判明したとき、里佳子はおよそ医師らしくない考えにとり憑かれた。

これでこの子はふたたび私のもとに帰ってくる……そう思ったのだ。

「お願い、先生。足を切らないで……お願いします」

里美がまるで藁《わら》をもつかむといった顔ですがりついてくる。この表情を待っていたのだ。里佳子は、やはり神は自分を見捨てていなかったのだと強く感じた。

つやつやのボブヘアを撫でながら言った。

「化学療法という治療法があるのは、知ってるわね？　左足の切断手術の前後にやったのだけれど……」

「はい……知っています」

「今度はそれを本格的にやろうと思うの。大量の投薬で、腫瘍の拡大を食い止める。上手くいけば、腫瘍を縮小することも可能だわ。里美の場合、まだ初期だから、化学療法が有効だと思う。上手くいけば、それで原発巣を完全に取り除けるかもしれない。でも、あくまでもそれは可能性であって、上手くいかないケースも考えられる。ただ、やってみる価値はあると思う」

餌を撒《ま》くと、獲物が食いついてきた。

「私、やります。足を切らないで済むなら……やります。それをやってください」

「そう……わかったわ。ただし、いくら化学療法をしても、最終的には患部を切除することになるかもしれない。それだけは覚えておいて」

過度な期待感を抱かせないためにも、言うべきことは言っておかなければいけない。

「もう一度、患部を診せて」

里佳子はベッドに屈んで、里美の右足を診た。シーツに投げ出された足は直線的に伸びて羨ましいほどに美しい。

この健康そのものの足に忌まわしい病巣が宿っているなど、誰が信じられよう？

それでも、かわいい膝の上をかるく押しただけで、里美は「うッ」と白い歯列をのぞかせた。

前から自覚症状はあったはずだ。

おそらく、里美はそれを認めたくなかったのだろう。自分でこの疼痛を筋肉痛だと必死に思おうとしたのかもしれない。無理もない。両足切断など、とても正面から受け止められる現実ではない。

里佳子は病衣の裾に手を入れ、大腿部の付け根を触診する。

下着と太腿の境のあたりに指を添えて、淋巴腺をさぐると、やはり、重度のこわばりが感じられた。

よほど再発の診断がショックだったのか、里美はベッドに仰向けになって完全に里佳子に身をゆだねている。

その病んだ身体を任せきった態度が、里佳子には好ましく感じられる。

淋巴腺から徐々に指を大腿部へとおろしていく。うっすらと静脈を透けださせるほどに薄く張りつめた内腿をなぞっていると、里美が里佳子の手をつかんだ。

咎《とが》めるような目を向けて、いやいやをするように首を振る。

だが、いつもの強い眼光とは違い、どこか弱々しい。

「よく聞いて。これから、里美が受ける化学療法は、ほんとうにつらいものなの。この前やったのとは全然違うのよ。実際の副作用はおそらくあなたが想像する以上に厳しいと思う」

里佳子は、右手を里美の黒髪に伸ばした。

「このきれいな髪も、投薬を続ければ抜けてしまう……きっと、あなたは私が憎くなる。いや、自分の運命を憎むかもしれない。それに耐えるには、患者と医師の絶対的な信頼関係が必要なの。だから、そうなる前に、里美との関係を修復しておきたいの。言ってることはわかるわね？」

問うと、里美は視線をそらせた。

「里美はある時期から、私を遠ざけた。嫌っていたわね。理由は聞きません。済んだことだから……でも、いまの関係のままでは化学療法は成功しない。里美が私にしたことのすべてを許します。だから、里美も私に心を開いてほしい。私は里美を愛しているのよ、心の底から……」

「……でも、そんな上手くはいかないわ。だって、心って生き物だもの。自分の思いどおりにはならないわ」

「それは、あなたの現実認識が甘いからだわ。里美はまだ現実がわかっていない。仮に里美が両足を失ったとするわね。そんな里美を愛してくれる男がいるかしら？　芋虫のようにゴロンと横になるだけのあなたを、誰が愛してくれるの？」

「いるわ。いっぱい、いるわ！」

核心に触れたのか、里美が噛みつくように言って眦《まなじり》を吊りあげた。

「それが甘いと言うのよ。賭けてもいいわ。みんな、あなたを離れていく。グロテスクなだけのあなたから、一人、二人と去っていく。あなたはいま、驕《おご》っているのよ。私が声をかければ、どんな男でも振り向くと思ってるわね。でも、それはまだ片足が残ってるから。あなたはいま、ちょうどいい具合に病的なのよ。でも、両足とも失えば、誰もあなたを振り向かない。グロなだけのあなたから、みんな去っていく」

「……ひどいわ、先生。どうしてそんなひどいことをおっしゃるの？」

里美がつぶらな瞳を向けた。純粋種の目にうっすらと涙を浮かべて、悲しげな目で里佳子を見る。この顔をされれば、どんな男でもコロッとまいってしまうだろう。

「現実は早く知っておいたほうが、あなたのためなのよ。徐々に、ゆっくりと絶望していきなさい。突然の絶望には、あなたは耐えられない」

里佳子は病衣に手をかけた。ガウン式に前で合わさっていた病衣の紐をほどくと、眩《まばゆ》いばかりの裸身があふれでた。

「きれいだわ。ほんとうにきれい。私なら、この美しい身体をこのまま維持していける。それに、あなたの身体がどうなろうと、私はあなたを見捨てない。チェロを続けたいんでしょ？　私がスポンサーになってもいいわ。あなたを一人養うくらい、何でもないのよ。そうね、高浜とは違う先生を見つけてあげる……先生の気持ちをわかって」

里佳子は、あらわになった乳房を持ちあげるようにした。里美がビクッとして、その手をつかんだ。

「あなたがこの足を切らなくて済むように、全力を注ぐわ。医師生命をかけて、治療してあげる。だから、私を信じて」

温かな乳房を包み込むようにして、里佳子は覆いかぶさっていく。上から顔を覗き込んで言い聞かせた。

「あの頃のことを思い出して。私たちは上手くやっていける。あなたはくだらない男たちと不潔な関係を持った。でも、そんな不潔な記憶は忘れなさい……忘れさせてあげる」

目を見ながら、唇を寄せた。里美は拒まなかった。目を見開いたまま、里佳子のことを見ている。

唇を合わせると、里美はようやく目を閉じた。柔らかな唇についばむようなキスを浴びせ、そのまま流れるように頰から顎、首筋へと唇を押しつける。

病衣を肩から落とした。凜と張った乳房の頂に口を寄せ、接吻した。

「あッ……」

くぐもった声が里美の口から洩れた。

のけぞった白い喉元が官能的だった。何かに耐えるように唇を噛んでいる。乳房を絞りだすようにしてトップを口に含むと、また唇がほつれた。

里美はおそらく、まだ心の底から私に心を開いたわけではないだろう。それでも逆らえないのだ、私の力に。

お互いの立場を尊重した、民主的なセックスなどありえない。有無を言わせぬ権力がセックスには必要なのだ。相手が弱みを見せたら、その急所を鷲づかんでやる。鷹が獲物を狙うように、鋭い爪を食い込ませる。獲物は引き裂かれた肉から真っ赤な血を噴きださせて、のたうちまわるだろう。

相手の傷口を開かせ、あふれでる血を啜《すす》ってやるのだ。『マルドロールの歌』のように……。それがあって初めて人は限界を超えて、性の深い闇にたどりつくことができる。たとえ相手が瀕死の状態であっても。

里佳子は隆起した乳房をつかんで、洋梨のようにいやらしく飛び出した乳輪に舌を這わせる。すると、小さな乳首がそれとわかるほどに勃起してきた。

せりだした乳首を舌で根元から先端へと跳ねあげてやる。唾液で濡れた乳首を乳輪に押し込み、鼻先を擦りつける。

さらに、トップを口に含むと見せかけて、ギユッと嚙んだ。

鋭く呻いた里美が顎を突きあげ、手を突っ張らせて里佳子の肩を押してくる。

なおも歯をあてて、ギリギリと横にずらすと、里美は苦悶の声を洩らして首を左右に振る。

(痛いわね。でも、こんな痛みはあなたがこれから化学療法で味わう苦しみと比べれば、無いと同じなのよ)

愛情を刻印するために、里佳子は乳房の側面を吸って、キスマークをつけた。これで、里美はナースに清拭を受けるたびに恥ずかしい思いをすることだろう。

次に里美の身体を横にして、左手をあげさせた。腋の窪みはきれいに剃毛されていたが、わずかに隆起した毛穴の粒々が官能をそそった。

腋の下に顔を寄せると、甘酸っぱい汗の匂いが鼻孔にしのび込んでくる。腋の窪みに舌を這わせた。

里美はくすぐったそうに身体を震わせていたが、舌での愛撫を続けるうちに小さな喘ぎ声を洩らしはじめた。

甘えるように鼻を鳴らし、脇腹から腰にかけてのラインを微妙にうねらせる。その女体の蠢きがたまらなく淫蕩だ。

里佳子は脇腹から腰にかけての女らしい曲線に接吻しながら、里美をうつ伏せに寝かせた。

白くすべすべした背中はゲレンデのようになだらかなスロープを描き、中心の脊椎のひとつひとつが数えられるほどに薄い。

背骨を指でなぞりおろし、景観を損ねている下着に手をかけると、

「……生理なの」

里美が恥ずかしそうに言って、里佳子の手をつかんだ。

妊娠とはおよそ無縁に見えるこの少女にも生理があるのだ。まだ十七歳なのに、子供を孕むことに身体が備えている。この美少女もすでに動物界の雌雄の原則に組み込まれているのだ。決して認めたくない現実だった。腹ぼてになった里美の醜い姿が一瞬、脳裏に浮かび、それを振り払った。

「かまわないわ」

そう言って、里佳子はパンティをおろした。基底部に張りついていたナプキンとともに、小さな布地を足先から抜き取った。白いナプキンに経血がしみ込んでいるのが

見えた。

「いやッ」

里美が横向きになり、胎児のように丸くなった。上になった左足が大腿部の半ばで収斂して消失している。それが、この子の背負った重い宿命を感じさせてサディズムを煽った。

里佳子は足をつかんで、里美を仰向けにさせた。そして、両足をあげさせると、大腿部の合わさるところに顔を埋める。

「いやッ、汚い！」

里美が眉をひそめて、里佳子を突き放そうとする。

「私は平気よ。あなたを愛しているから。他の誰がこんなことをしてくれて？　あなたの経血で汚れたここを誰が愛してくれるかしら？　私はあなたのすべてを愛している。不浄も清浄も、あなたのすべてを……」

里美の抵抗がやんだ。

里佳子は不浄の地に顔を寄せた。赤いものを付着させたそこは、月経特有の異臭を放っていた。

ここまでする必要があるのか、いや、してもいいのか……だが、答えはすぐに出た。

しなくてはいけないのだ。

ここまでしなくては、里美は深い思いを理解してくれないだろう。

里佳子は切断肢をつかんで太腿の裏側を見せたまま、汚れを舐め清めてやる。月経血特有の暗赤色のドロドロした塊を舌ですくいとる。

里美が目を見開いて、こちらを見ていた。まるでおぞましい怪物でも見るように……。だが、里美にもやがて私の深い思いが身に沁みてわかる日が来る。

里佳子は唇を汚しながら、上方の肉芽に舌を這わせる。月経血をクリトリスになすりつけ、舌で跳ねあげた。血まみれになった肉芽が動物の胎児のようにいやらしく蠢いた。

吸い込みながら命の萌芽を揺さぶってやると、里美が鋭く喘いで顔をのけぞらせた。

小刻みに顔を振りながら、口のなかで「いや」を繰り返す。腰が左右に揺れ、切断肢の付け根が快美感のパルスで引きつっている。

(ほうら、感じてきた。あなたは不浄のなかで快楽にのたうちまわる。そうやって、ふたたび私のもとに戻ってくるのよ)

里佳子は吸血鬼のように月経血にまみれたそこを吸いつづけた。

2

里佳子は点滴の速度を確認すると、腕に針を刺してベッドに横たわる里美の姿を、複雑な思いで見つめた。

メトトレキサートの大量療法を始めて三週間が経過していた。悪心《おしん》、嘔吐《おうと》の副作用で苦しんだ里美は、見る影もなく窶れ果てていた。

全身から生気が失せ、顔色も青白く蠟細工のようだ。二週間が経過したあたりから脱毛が起こりはじめた。あれほど美しかった黒髪が抜けていくのに耐えられなかったのだろう。短髪にする手もあったが、里美が望んだので全剃髪を行なった。

お蔭でいまの里美は、頭を丸めた尼さんのようだ。カツラをつければいいのに、暑いためか、里美はそれは要らないと言い張った。

頭の形がいいので、スキンヘッドの里美はカツラをつける前のマネキン人形を思わせた。

これが不細工な女であれば、目も当てられない容姿になるはずだが、元来の完璧なフェイスプロポーションがいっそう強調され、見る者を倒錯の世界へ引きずり込まないではおかないある種の「美」を形成していた。

感染予防のために滅菌された白衣と、ゴム手袋をつけた里佳子は、ベッドの脇に立つと、そのやせ細った手を握りしめた。

「先生、いらしてたんですか？」

うとうとしていた里美が覚醒して、手を握り返してくる。

最近、里美はめっきりやさしくなった。反抗の姿勢が消え、躾《しつけ》が行き届いたペットのように従順だ。

「あの……検査の結果は？」

里美が生気の感じられない瞳を向けた。

里佳子は真実を言うべきかどうか迷ったが、やはり事実は伝えなければいけない。

「残念だけれど、ほとんど効果は出ていないわ。腫瘍縮小率は二パーセント以下。かろうじて拡大を食い止めている状態ね」

「そうですか……」

結果を予想していたのか、里美は大したショックも見せずにそれを受け止めたようだ。

「幸い、いまのところ肺への転移はないのよ。病巣も抑えられている。手術をするなら、いましかないわね」

里佳子はそう言いながら、上半身のほうに移動して、里美を上から覗き込んだ。

「足を切るのは、いやです」

里美が駄々っ子のように言った。尼さんのように剃髪されたスキンヘッドがまだ青々としていて、憐みを誘う。

「わかったわ。薬を変えてみましょう。それに、免疫療法と放射線療法も組み合わせてみるわ。まだ悲観することはないのよ」

里佳子はそう告げると、

「あらッ、汗をかいてるじゃないの」

傍らに置いてあった洗面器にかかっているタオルをつかんだ。

上体を立たせ、汗ばんだスキンヘッドを拭き、さらには首筋の汗をタオルで押さえるように拭いてやる。

「先生、私……」

里美が不安そうに、里佳子を見あげた。

「大丈夫。先生がついてるわ。私はどんなになっても、里美を見捨てることはありません。甘えていいのよ」

里美を抱きしめてやる。この三週間で五キロ近く体重が落ちた華奢な身体が、小刻みに震えて、食べてしまいたいほどに愛らしい。

「ふふっ、里美、汗くさい」

里佳子は抱擁をやめると、病衣の紐をほどいた。

病的なほどに白く薄い皮膚から、肋骨がうっすらと浮きだしていた。鎖骨の窪みも前より深さを増していた。

だが、ふたつの乳房はそこだけが別の生命体であるかのように凜と張って、存在を誇示している。そのことが不思議であり、またエロチックだ。

微熱があるのか、大量の汗がその胸の谷間に流れて光っていた。

里佳子はタオルを絞ると、鎖骨から胸のふくらみにかけて拭いてやる。乳房の狭間の汗を拭くために、ゴム手袋を嵌めた指で乳房をつかんだ。

「あッ」と里美が小さく喘いで、唇を噛んだ。

里佳子は里美の身体がどんどん敏感になっているのを感じていた。化学療法で嘔吐と下痢を繰り返しているのに、性感だけはそれと反比例するかのように貪欲になっている。まるで、この苦しみのなかでそれだけが里美が生きている証であるかのように。

里佳子は洋梨のような形で吊りあがったトップを指に挟んで転がした。里美が「う

「うン、ううン」と悩ましく呻いて、何かを求めるように里佳子の腕にすがりついてくる。

全剃髪された頭のせいか、こうして見ると、まるで少年のようだ。やはり、髪は女性のシンボルなのだろう。なんだか少年を相手にしているようだ。だが、この美少年は淫らな女の肉体を有している。

ぴっちりと薄いゴムを張りつかせた指が、せりだした乳首をなぞる。血管を透けださせた乳房を愛撫しながら聞いた。

「どうしたの？　欲しい？　また、アソコに入れてほしくなったの？」

里美が顎を引くようにして頷いた。

里佳子は病衣の裾をまくり、大腿部をなぞった。切断肢と健常足のおりなす奇妙なコンパスの間に、剃毛された花肉が息づいていた。

性器の清潔を保つために、すでに恥毛は剃ってあった。まるで赤子のそれのように、ぷっくりした肉丘が口を閉ざしている。

左右のヴィーナスの丘をくつろげると、赤い肉の潤みが姿をのぞかせた。小陰唇のあたりを丹念になぞってやると、肉萼が血を吸ったヒルのようにぽってりと充血し、めくれあがった。

粘液にまみれたそこに指をあてて、強く押すと、指はヌルリと吸い込まれていく。指をGスポットにあてて小刻みに震わせてやると、透明なバルトリン腺液があふれて、飴色のゴム手袋を汚した。

「まったく、困った子ね。身体は病んでいるのに、性感だけは高まっている。いつから、こんなに淫らになったのかしら？」

言葉でなぶりながら、膝の奥まで指をすべらせて、膣壁をノックしながら抽送する。指にぴったりと張りついたゴムに粘液が付着してすくいだされる。

里美はくぐもった声を洩らしながら、恥丘をせりあげていた。左腕にスタンドから伸びた点滴の針を刺された里美は、スキンヘッドの顔をのけぞらせるようにして、ひめやかに喘いでいる。

(里美、もうあなたを誰にも渡さない)

眉根を寄せた里美の悩ましい表情を見ながら、里佳子は美しい獲物を追い込んでいく。

3

一カ月後、安西里美はその白い裸身を手術台に横たえていた。

すでに切開された右大腿部が、柘榴のように爆ぜて内部の組織と骨をのぞかせている。

ブルーの手術着を身につけた里佳子は、手術室付きナースから電気鋸を受け取ると、開口部から見える大腿骨を確認した。

美しいピンクがかった象牙色をしている。この内部に憎むべき腫瘍が隠されているなど嘘のようだ。

一進一退を繰り返す里美の症状に、症状検討会の会議で広範切除術が決まったのは、一週間ほど前のことだった。広範切除術とは、足を完全切断するのではなく、温存する方法である。

腫瘍と反応管を周辺の正常組織も含めて取り除く。その状態で固定して、骨や周辺細織の生成を待つのだ。

化学療法をしても一向に埒が明かない症状に、里佳子は完全切断を考えた。

だが、里佳子の助手を勤める磯部が、広範切除を主張した。

「これで行けるのだから、切る必要はないでしょう。彼女の今後を考えたら、片足は残しておかないと」

発見が早かったことと、化学療法がある程度は効果をもたらしていたこともあって、病巣はひろがっていなかった。

悔しいが、磯部の主張は理に適っていた。年下の医師に従うのは癪にさわったが、しかし、病院内で再発させたのはある意味では化学療法を継続しなかった里佳子の医療ミスであったし、これで残った足も切断してしまえば、あとで叩かれるのは目に見えていた。

「わかったわ、そうしましょう。投薬は中止して、体力の回復を待って広範切除のオペに入ります。院長、それでいいですね」

「ああ、そうしてくれ。私も高浜さんに頼まれたんだから、両足切断で帰したんじゃ、合わせる顔がない」

院長はそう言って、眠そうな目を里佳子に向けた。

本意ではなかったが、仕方がなかった。それにある意味では、足を切ってしまうよりこの方法のほうが予後のケアが難しい分、里佳子は里美を長期間管理できる。

翌日、広範切除の手術を告げると、里美は「足を切らなくても済むんですね」と、目を輝かせた。

オペを終え、完治してしまえば、またこの子は私を裏切るのではないかという不安が走ったが、今度はこれだけ自分になついているのだから大丈夫だろうと思い直した。

化学療法を中止して、白血球の増加などの体力の回復を待つ間、里美は機嫌が良かった。若いのだろう、見る間に血色の良くなった里美に、里佳子は愛情の刻印を押した。

感染を防ぐために面会が制限されていたので都合が良かった。

二人だけの病室で、里佳子は里美の裸身を貪った。里美は抗う素振りも見せずに愛撫に応えた。

里美がV感覚に目覚めているのを感じて、初めて器具を使った。レズビアン用の双頭のディルドーを装着して里美の前に立つと、里美は驚いたように目を見開いた。

「ふふっ、大丈夫よ。心配しないで」

これがどういう種類の器具なのかを説明して、突き出したディルドーを慎重に里美の膣におさめた。

覆いかぶさるようにして腰をつかうと、里美は愛らしい声をあげて、しがみついてきた。眉根を寄せ、すすり泣きながら腕をつかむ里美は、最高の愛奴だった。

エクスタシーに達した里美を、もう一度犯した。切断肢を持ちあげて、斜め上から突き刺した。

黒光りするシリコン製の疑似男根は、愛蜜にまみれて妖しくぬめり、里美のヴァギナに突き刺さった。

頭皮をあらわにした里美が、数十センチしかない左足に性感のパルスを走らせて、身悶えする異様な姿は、里佳子のサディズムをも高まらせた。

ヴァギナにおさめた双頭のディルドーで膣肉を突かれて、里佳子も絶頂に達した。

小さな死を体験して横たわっている里美の汗ばんだ身体を、慈しむように拭いた。

首筋から胸のふくらみにかけて拭いてやると、里美は小さく喘いで、里佳子の手をつかんだ。

いまだに勃起のおさまらない乳首を吸ってやると、里美は声をあげて裸身をうねらせた。

オペに備えての体力回復を待つ一週間は、二人の蜜月時代であった。今日も麻酔が効くのを待つ間、里美は里佳子の手を握って放さなかったのだから。

里佳子は病巣を持つ大腿骨の下端部分を切除すると、創外固定器の設置に移った。

病巣部の骨を十センチほど切除するので、新しい骨の形成を待つ間は、足を固定して支えておかなければいけない。そのための支持器具である。

片側型創外固定器はハーフピンを数本平行に骨に刺して、それを接続させた片側の金属の棒によって支えるものだ。

里佳子は、無残に切り開かれた右大腿部から膝にかけての片側にフレームを固定すると、次に切除した部分に接する骨にハーフピンをねじ込んだ。さらに、その骨を適度な長さに切断して骨片を作る。この骨片を徐々に移動させて、新しい骨を形成させ、欠損部を充填させていくのだ。

新しく骨が生成するにはかなり長い時間を要する。だが、その間、里佳子はこの不幸な星のもとに生まれた少女を愛玩できる。それを考えると、悪い方法ではなかった。

ネジ式のハーフピンが、里美の骨に突き刺さっている様子は、安西里美のサイボーグを作っているようでたまらなくエロチックだった。人体を切り裂いて、内部の組織を目の当たりにしたとき、いつも里佳子は強い欲情を覚えた。患者の秘密を覗きながら、血のしたたる心臓を鷲づかみしているようで、全身の血が躍る。相手が里美となると、その感情はまた格別だった。

チタン製器具の固定を終え、オペの山場を越えた里佳子は、詰めていた息を吐いて里美を見た。

スキンヘッドにキャップをかぶせられた里美は、蠟細工のような美しい顔を見せて、麻酔時特有のゆったりした息づかいで胸を上下させていた。

無影灯に浮かびあがった里美の顔は美しかった。それも死の世界を身近に引き寄せた静寂の美であり、このまま冷凍保存をしたくなるような完璧な美だった。

里佳子はふと、この子を殺して、冷凍保存して家に置いておきたいと思った。そうすれば妙な虫に食われることもなく、永久に自分のものになる。

いったいどのくらいの時間、ボーッと里美の顔を見ていたのだろうか。

「先生……?」

ナースの声で、里佳子は我に返った。

「磯部先生、問題はありますか?」

第一助手の磯部に声をかけると、磯部が首を横に振った。この不器用な医師が、里佳子のオペに口を出すことなどありえない。

「では、縫合に入ります」

里佳子は止血されていた血管の糸をほどいた。流れでる血液を、磯部がカーゼで拭いた。

第十一章　刻印

1

　筒井が見守るなか、制服姿の里美は一階のフロアを正面玄関に向かって歩いていた。

高校のセーラー服を着ているのは、ようやく外出許可が下りて、里美はこれからリハビリを兼ねた外出をするからだ。

白いセーラー服には臙脂のスカーフが結ばれ、セーラーカラーにも臙脂の二本線が入っていた。紺色のスカートは膝上のミニだ。

　里美の制服姿を見るのはこれが初めてだったが、やはり、この年頃の少女にはセーラー服が似合うのだろう。その着こなしもあってか、可憐さのなかにも洗練された雰囲気があって、このまま標本箱に虫ピンで留めておきたいほどだ。だが、その清廉さは下半身に移ると破綻《はたん》する。

膝上二十センチほどのスカートからは、黒のカーボン製のソケットと骨格が見えてしまっていた。それだけでも異様なのに、すらりと一直線に伸びた右足にも奇妙な黒革の装具が装着されている。

ゆったりしたズボンをはけば、義足を隠せるのに、里美はそれをしようとしない。まるで自分の恥部を公にしているようなものだ。なのに、毅然としている。

筒井はもし自分が里美と同じ境遇に置かれたとしても、こういった大胆なカミングアウトはできないだろうと思う。しかも、この少女はもう一年近くも闘病生活を送っているのだ。

(この少女の強靭さを支えているものは、いったい何だろう?)

筒井は、自分では決して持ちえないだろう里美の毅然とした強さに、一種の憧憬を覚えていた。おそらく、それが「この少女の足がわりになりたい」という、筒井の強い願望を支えているのだろう。

「大丈夫か? 無理なら、車椅子を使うぞ」

心配になって聞いた。

「平気よ。私、車椅子には乗りたくないの。あれに頼ったら、一生、歩けなくなってしまう。それはいや。自力で歩きたいの」

里美が昂然と顔をあげ、右手に嵌めたエルボークラッチの杖をついて、足を運ぶ。いくら慣れたとはいえ、左足が義肢で右足もままならないわけだから、歩行するのさえ容易ではないはずだ。確かに歩容は見ていても危なっかしい。それでも、一歩一歩確実に前に進んでいる。

右足広範切除のオペから、すでに半年以上が経過しようとしていた。里佳子のオペが的確だったせいか、術後の循環障害、神経障害も起こらず、経過は順調だった。切断された骨の部分の延長も終わり、仮骨も成熟した。

一カ月前に、右大腿部の創外固定器を外した。この時期に怖い骨折を防ぐために、右足には長下肢装具が取り付けてある。筒井が調整したもので、大腿部を二カ所、膝下を一カ所、革製の幅広のベルトで拘束し、それらを、膝継手が付いた幅二センチほどの長い金属の板状棒が両側から支えている。

時期が来れば、この装具も取り外すことになるが、筒井はこの状態の右足が好きだった。黒の幅広ベルトで拘束されたすらりとした足は、病的な美に満ちていた。

「里美ちゃん、歩けるようになったの。良かったわね」

車椅子に乗った中年の入院患者が、里美に声をかけた。

「ありがとうございます。宇佐美《うさみ》さんも、早く歩けるようになるといいですね」

「私は無理かもね。いいのよ、亭主がいろいろとやってくれるから」

「そうですか、お幸せなんですね。……じゃあ、失礼します」

かるく会釈をして、里美は玄関に向かう。

玄関で専用のシューズを履かせていると、里美が言った。

「宇佐見さん、きっと捨てられる。可哀相ね」

「そうかな？　そうとも限らないんじゃないか」

「ふふっ、筒井さん、相変わらず甘いわね。ちっとも成長しない」

「おいおい、生意気言うなよ。そういう態度だと、つきあってやらないぞ」

「あら、これはお仕事でしょ。違うの？」

痛いところを突かれて、筒井は口ごもった。この子と話すと、どうしてもやり込められてしまう。だが、それを不快に感じないのはなぜだろう？

筒井は里美を待たせておいて、急いで車を取りに行った。玄関のスロープに横付けし、里美に車に乗るときの要領を教え、助手席に乗せた。

目的地は高浜の教室だ。すでに本格的なレッスンを再開していた里美は、外出許可が出た今日から高浜の教室でレッスンを受けることになっている。

高浜に関してはいい噂は聞こえてこない。里美もこの初老のチェリストを嫌っていると聞いている。それでも、こうしてレッスンを受けに行くのだから、二人は噂ほど悪い関係ではないのかもしれない。

高浜の家までは三十分ほどかかるはずだ。助手席の里美は、強い陽射しを手で避けながら、ひさしぶりに見る街並みを楽しそうに眺めていた。

剃髪していた髪も元に戻り、ショートボブの黒髪は烏の濡れ羽色に輝いていた。洗練されたラインを示す横顔は、陽光を浴びて白く浮かびあがった部分と、影になった部分が深い陰影を刻み、窓際に置かれた石膏像のように美しい。

この少女を自分のものにできたら……無理だとわかっていても、そう願わずにはいられなかった。

里佳子から、里美とのレズビアンの件は聞かされていた。自分が、この少女が処女を捨てるための道具でしかなかったことは、充分にわかっていた。それでも、標本室での濃密なセックスや、その後のギプス室での行為を思い出すたびに、甘やかな旋律が身体のなかで響く。

いま、助手席で街並みを眺めているこの隻脚の美少女は、じつは病室で女医と禁断の性を貪っている。里佳子の愛人なのだ。

頭ではわかっていても、筒井にはどうしても実感が湧かない。

「どうだ、ひさしぶりに見る街は？」

車を走らせながら聞いた。

「みんな、この街で生きているのね。ほら、そこ。赤ちゃんを前に乗せたお母さんが、自転車を漕《こ》いでいる。スカートがめくれているのに、必死に漕いでる……みんな、生きることに一生懸命なんだわ。私、こんな気持ちになったの、初めて」

里美が微笑んだ。ひさしぶりに外出して、感傷的になっているのかもしれない。だが、悪いことではない。この時間が永久に続けばいいと思った。しかし、思いどおりには行かないのが現実だ。やがて、車は高浜の家の駐車場にすべり込んだ。

高名なチェリストの家だけあって、高い塀に囲まれた豪邸だった。

「ついてきて」

車を降りると、そう言って里美は歩きだした。洋式の白壁の母屋があり、広い敷地内には洒落た離れが建っていた。レッスン室であった。

里美が振り返って言った。

「二時間したら、迎えに来て」

「……二時間か、長いな」

「ふふっ、なんなら、もっと早く来てもいいのよ。里美のこと、心配？」

「はっきり言って、心配だな。ずっと付き添っていたいくらいだ」

「それは駄目よ。でも、そんなに心配なら、覗き見でもしたら」

思わぬことを言って、里美が微笑んだ。

2

二時間後、筒井は離れの周りをうろついていた。喫茶店で時間を潰し、三十分前にはここに来ていた。そのときは、チェロの音が聞こえていた。だが、そのすぐ後で音がやみ、レッスンが済んだのかと里美を待っていたのだが、里美はいっこうに出てこない。

いやな予感が脳裏をかすめた。話でもしているのかもしれない。だが、そうでないことも充分に考えられる。

筒井は足音をしのばせて、離れの外壁に近づいた。高い出窓から覗くために、近くにあった大きな石を運んでその上に乗った。閉め切られた白い桟の出窓には、レースのカーテンがかかっていた。目を凝らすと、室内の様子が見えた。

広々としたフローリングの床に、ピアノが置いてある。マホガニー色のチェロが横たわっていた。しかし、二人の姿はない。角度を変えると、演奏用の椅子に里美が座っているのが見えた。

チェロは持っていない。白い制服の胸元がこんもりと盛りあがり、襟元に結ばれた臙脂のスカーフが可憐だった。

里美の顔が少しずつあがりはじめた。何かを耐えているように唇を噛んでいる。その唇が開き、顔がのけぞった。

下に伸ばした腕で何かを押さえつけているようにしながら、顔を左右に振っている。その仕種に性的な雰囲気を感じて、筒井は背伸びして下のほうを見た。愕然とした。

高浜が醜悪な臀部をさらして、スカートのなかに顔を埋めていた。素っ裸だった。

里美は装具を嵌めた右足を高浜の肩にかけ、のけぞるようにしている。

(おい、何をしているんだ!)

驚愕とともに、強い怒りが込みあげてきた。だが、それも一瞬だった。嫌っているはずの男にクンニを許し、性感を高まらせている里美。その姿に、身体が震えるような陶酔感を覚えたのだ。

やがて、里美がエルボークラッチの杖を使い、ゆっくりと立ちあがった。出窓のほうを見て、一瞬、ハッとしたような顔をした。筒井が覗いていることに気づいたのだろう。

だが、すぐに里美は立ち直った。こうなることを予想していたかのように微笑んだ。それから、軽合金の杖で高浜の肩を打った。

高浜は叱られた犬のように、床に這った。四つん這いになった高浜の背中に、里美がまたがった。一言声をかけると、高浜が床を這いはじめた。

にわかには信じがたい光景だった。高名なチェリストが、十七歳の少女を背中に乗せて、家畜のように這っているのだ。

この状態を説明できるのは、ひとつしかない。高浜は里美の奴隷なのだ。過去はどうであったかは知らない。だが、少なくともいまは、高浜はこの少女の前にひざまずくことに悦びを見いだしている。筒井と同じように……。

胸が焦げるような嫉妬を覚えながら、食い入るように二人を見る。

背中にまたがった里美は、正面を向いて、肩につかまっていた。信じられないことに里美は笑っていた。無邪気な子供のように、高浜のお尻を手でぶちながら、上体をのけぞらすようにして高笑いしているのだ。

短いスカートから突き出たモジュラー式義足は制御できないためか、ズルズルと床に引きずられていた。セーラー服の美少女と家畜化した男とロボットの足……そのシュールな組み合わせに、筒井は目の眩《くら》むような昂揚を覚えた。

高浜が広い床を一周すると、里美は馬から降りた。すっくと立った里美の右足に、高浜がじゃれついた。しがみつく男を里美が邪険にものでも扱うように蹴った。

高浜がペコペコして床に這った。里美がエルボークラッチを振りあげた。そのまま振りおろす。軽合金の杖が背中にヒットし、高浜は痩身を震わせて里美を見あげた。許しを請うているのか、さかんに何か言っている。

里美が険しい表情で一喝した。これまで見たことのない凄艶《せいえん》な表情をしていた。杖で突かれて、高浜が仰向けに床に寝た。醜悪なペニスがむっくりと起きあがっていた。里美は高浜の顔面をまたぐと、杖の先でペニスを突いた。高浜が屹立した肉の棒を手で隠した。

何か言われて、高浜がペニスをしごきだした。息を荒らげ、夢中になってペニスを擦っている。高浜が惨めだった。だが、筒井には彼の悦びが理解できた。

高浜にはいま、逆V字に伸びた驕慢な少女ドミナの足と、その奥の妖花が見えているこことだろう。強烈な嫉妬と羨望で、胸がチリチリと灼《や》けた。飛び出していって、高浜を押し退けたかった。

そんな筒井の気持ちを見透かしたように、里美がこちらを見た。薄いレースのカーテンを通して、目が合った。

里美は視線を合わせたまま、静かにしゃがみ込んだ。高浜の顔面にお尻を落とす。

里美はお尻をモゾモゾさせていたが、やがて、目を瞑り、唇を舐めた。それから、目を見開いて、筒井を見た。

湧きあがる愉悦に目を閉じたいのをこらえているかのように、必死にこちらを見ている。純粋種の目に快楽の色が浮かび、白目が増した。

(里美、お前は俺に何を見せたいのだ？　こうすれば、俺がマゾの悦びに耽るとでも思っているのか？)

色欲にとらえられて、筒井はズボンのなかに手を入れた。いきりたつ肉柱が自分の真実の性を告げる。

(俺は、俺は……)

里美と視線をからませながら、勃起をしごいた。淫靡な視線の遊戯が、筒井を小さな死へと追い込んでいった。

3

里佳子は病棟の廊下を白衣の裾を蹴るようにして、三〇八号室へと向かった。

乱暴にスライドドアを開け、なかに入る。ベッドで身体を起こして雑誌を読んでいた里美が、びっくりしたように顔をあげた。

「先生……どうなさったんですか？」

「里美、ドイツに留学するって、ほんとうなの？」

強い調子で言って、里美の表情を覗きこんだ。高浜と懇意である院長から、つい先ほど、里美のドイツ留学が決まったらしいという話を聞かされたばかりだった。

「誰から、聞いたんですか？」

「院長よ。高浜から聞いたっておっしゃってたわ」

「そうか……ごめんなさい。先生には私の口から伝えたかったのに」

「ということは……事実なのね」

「ええ。三カ月後には、留学します。シュトゥットガルトにある音楽アカデミーに、高浜先生の推薦で行けることになったんです」

「そんな大切なことを、私に黙って決めたのね。どうして！」

強い憤りに駆られて、里佳子は里美を睨みつけた。

ドイツには里美の別れた父親がいるという話は聞いていた。おそらく、父親に会いたいのだろう。だが、そうなれば、二人は何年か離ればなれになる。

リハビリを終えたら、里美はここを退院する。その後、里美は大学へ進むと言っていた。それならば、里美が病院を去っても、監視しながら愛玩できる。里美と逢うための隠れ家的なマンションも物色中だった。なのに、里美は海外へ旅立つという。

しかも、その後見人は高浜なのだ。それが気に食わなかった。

「怒っていらっしゃるのね、先生」

「当たり前でしょ」

「ごめんなさい。でも、私、チェリストとしてやっていきたいんです。私がめげているときに、先生、『チェロを続けなさい』って励ましてくださった。だから……」

「チェリストになるのなら、日本にいてもなれるじゃないの」

「無理です。この国では、こういう身体じゃやっていけない。それに、チェリストとして活躍するには、本場でレッスンを受けないと」

「駄目よ！　絶対に許さない。あなたが私の目の届かないところで息をしてるなんて……そんなこと、許せない。絶対に」

里佳子は、里美の持っていた雑誌を奪い取り、ベッドに叩きつけた。

「……先生、里美はどこにいても、先生のものよ。里美を愛してくださってるんでしょ？　だったら、里美の将来のことも考えて」

里美が正面から、里佳子を見つめた。ショートボブに鋭角に切り揃えられた黒髪が、里美の凄みを増した美貌を際立てている。

確かに、里美の言う通りなのかもしれない。だがこの隻脚の美少女はいまや、里佳子が丹精込めて作りあげた「作品」になりつつあった。いったいどれほどの労力をこの少女に注いだことか。それを里美は理解していないのだろうか？

「駄目なものは駄目よ。あなたの身体のことを思って言っているの。あなたの右足はまだ完治したわけではないの。定期的なチェックが必要なの。無理をすると、歩けなくなるわよ」

違う角度から攻めてみる。里美が言った。

「どうしたら、里美を許していただけますか？」

「……許すなんて、ありえない。どうしても行きたいのなら、私を殺してから行きなさい」

強い言葉が喉元を衝いてあふれでた。

里美の強靭な表情が崩れた。

「ずるいよ、先生。そんなこと、里美にできっこない。それをわかっていて、おっしゃってる。ずるいよ、先生」

「できないのなら、行かせない。とにかく、この話はなかったことにして。わかったわね」

里佳子はくるりと踵を返すと、大股で病室を出ていく。

4

一週間後の当直の夜、里佳子は器具の入った鞄を抱えて、三〇八号室に向かっていた。

この前は激情に駆られて、大人げない態度を取ってしまった。冷静になって考えると、確かに里美の言っていた通り、将来のことを考えれば、留学させてやるべきなのだ。

高浜からも連絡が入り、三日前に病院で会った。高浜が頭をさげて、里美の留学を頼んできたとき、認めてやってもいいと思った。

だが、このままでは気が済まなかった。それに、里美のことだ。目の届かないところで、何をしでかすかわかったものではない。あの美貌だ。悪い虫がつかないとも限らない。

だから、里佳子は里美の身体に愛奴の刻印を押すことにした。里美もわかってくれるだろう。

三〇八号室の前で立ち止まり、静かにドアを開けた。常夜灯の明かりで、里美がこちらを見ているのがわかった。

「先生?」

里美は目を見開いて、ベッドに上体を起こした。

「驚いた?　お話をしたくて来たの」

里佳子は丸椅子に腰をおろすと言った。

「留学のことだけど、許してもいいかなって、思っているの」

「ほんとうですか?」

「ええ……ただし、条件があるの」

「……何ですか?」

里美の表情が曇った。

里佳子は鞄から器具を取り出して、それらをステンレスの容器に置いた。

ステンレス製の針のようなものや、ペンチのような器具がある。そのなかに数個の直径十五ミリほどの金色のリングが入っていた。

里佳子はゴム手袋を嵌め、そのリングをつかんで言った。

「これであなたの身体を飾るのよ。いいわね？」

「飾るって？」

里美が眉根を寄せて、小首を傾げた。

「これを使って、あなたの身体に付けるの。ピアスだと思ってくれればいいわ」

里佳子はニードルをつかんで、鋭く先の尖った細い筒を見せた。その瞬間、里美の顔がこわばった。

「大丈夫。痛みはすぐに消えます。それに、外からは見えないところに付けるから」

「見えないところって？」

「ラビアがいいわね」

「……いやです。そんなこと、絶対にいや！」

里美が強い拒否反応を示した。だが、これは予想していた。

「里美が留学すれば、しばらくは会えなくなる。だから、あなたの身体に私の愛情を刻印しておきたいの。これを見れば、あなたはいやでも私を思い出すでしょ」

「そんなことしなくても、私、先生を忘れないわ」

「そうかしら？　恋人ができれば、私のことなど簡単に忘れてしまう。そうじゃなくて」

　里美は哀願の目を向けて、いやいやをするように首を振る。その仕種がたまらなく愛しい。里美が言った。

「私の身体は、もう、こんななのよ。なのに、先生は追い討ちをかけるようなことをなさろうとする。どうして？　どうして、そんなひどいことができるの？」

「そうかしら？　あなたの左足はチタンでできている。このジュエルもチタンに加工したものなのよ。ちょうどいいと思うけど……」

　言うと、里美が怖い顔で睨んできた。

「いやなら、いいのよ。こちらで高浜に働きかけて、留学は中止してもらうわ。健康上の問題というのは、立派な理由だわね」

　脅すと、里美が唇を噛んだ。

　もうひと息だ。この子は留学をするためなら、何でも受け入れるだろう。

「黙っていたんじゃ、わからないじゃないの。どうするの？　いやなのね……いいわ。高浜にはあなたの診断書を出して、諦めさせる。あなたにはまだ最低半年のリハビリ期間が必要なのよ……それに、あなたが高浜に何をしたのか、わかっているのよ。色じかけでたらしこんだのね。いやらしい子ね。その歳で男を……」

「わ、わかったわ。それ以上、言わないで」

「どうする？　やるの、やらないの？」

「やるわ」

里美がきっぱりと言った。

（ふふっ、いい子ね。あなたは私には勝てないのよ）

里佳子は心のなかで微笑むと、刺環に入った。里美のショーツを脱がせ、ベッドの端に腰かけさせた。床に右足をつかせて開かせる。

病衣をまくると、装具を付けた右の大腿部と左の切断肢がおりなす狭間に、赤子のように無毛の花肉が息づいているのが見えた。

化学療法の際に剃毛処理をしてから、恥毛は里美に剃らせていた。

大きく開かせておいて、里佳子はラビアを消毒する。やはりショックなのだろう、里美がすすり泣いているのがわかる。

閉じようとする大腿部をひろげて、初々しい処女のような肉花を消毒する。微塵の崩れもない肉萼の外側の消毒を終えると、里佳子はオペ用のマーキングペンを用いて、左右の肉萼のほぼ中心にマークを付けた。

女の身体にピアスを入れるのは、これが初めてではなかった。野間久美子の前に若い准看を愛奴にしたことがあった。彼女は奔放な性格で男遊びが絶えなかった。それでお仕置きに、ニップルとラビアにピアスを入れた。

そのときの経験が役に立つとは思わなかったのだが……。

里佳子がニードルをつかむと、

「いやよ、いや……信じられない。こんなこと、信じられない」

里美が脅えた目を向けて、股を閉じようとする。

「いつまでも、駄々をこねるんじゃないの」

叱責しておいて、里佳子は数十センチしかない左足をつかんで、グイと開かせた。

斜めに切られたニードルの先をマーキングの位置にあてて、大胆に貫いていく。

切っ先を入れると、ブチッと皮膚と肉が切れる音がした。里美が息を吸って、痛みに耐えているのがわかる。かまわず押して、反対側に添えた指で針先を受けた。

さらに押し込んでおいて、ニードルの頭に開口したリングを添え、ニードルを抜き取るのと同時にリングを貫通させる。

リングを通し終わると、ペンチで開いた部分にビーズを入れて、しっかりと閉じた。

あまりに簡単すぎて、拍子抜けがするくらいだ。普段から骨を切ったり接いだりの大工仕事に近い作業をしている整形外科医にとっては、ピアッシングなど処置のうちに入らない。

それでも、受けるほうにとっては、ショックなのだろう。里美の顔から血の気が失せていた。あまり時間を取っては、ナースが巡回に来る。里住子は反対側のラビアにも同じようにニードルを突き刺した。

「痛い、痛いよォ……」とベソをかく里美を叱咤して、リングを通した。外すことができないように、金属用の瞬間接着剤を使ってビーズの部分に塗った。

左右の肉萼に一対のリングが貫通し、ゴールドの潤沢な光沢を放っている。

「ふふっ、きれいよ。でも、まだ物足りないわね」

里佳子は用意してきたペンダントを里美に見せた。以前に作らせたもので、卵形の十八金のペンダントヘッドにはR・Kという里佳子の頭文字が彫ってある。

「私からの餞別よ。向こうに行っても外さないで。わかったわね？」

「あ、はい……」

里美が眠りから覚めたように、答えを返した。あまりのことに思考停止状態に陥っているようだ。

ふたたびしゃがんで、金鎖を左右のリングに通して、長さを調節する。左右の陰唇が狭まって、そこから、ゴールドのペンダントヘッドが垂れていた。

こうしたのは、貞操帯代わりにしたかったからだ。無理をすればペニスの挿入は可能だろう。鎖をペンチで切断することもできる。だが、問題は本人の気持ちだ。この異様な装飾をつけることによって、里美は精神が拘束される。よほどのことがない限り、里美は男と寝たいとは思わないだろう。

「できたわよ。きれいよ。見てみる？」

里佳子はサイドテーブルに置いてあった手鏡をつかむと、それを股間の前に持っていく。

「見てごらんなさい。とっても、きれいよ」

里美は顔を伏せたままだ。

「見なさい！」

強く言うと、里美がおずおずと顔をあげた。鏡に映ったものを見て、凍りついたように目を見開いている。

里美にはいま、何が見えているのか？　それを想うと、心が躍った。

変わり果てた陰唇にショックを受けたのか、里美が嗚咽しだした。両手で顔を覆って、なだらかな肩を震わせている。

「泣くことはないじゃないの。こんなにきれいなのに……」

抱きしめて、頭を撫でてやる。

それでも震えが止まらない里美をベッドに寝かせて、添い寝する。

これまで一時間しかたっていない。見まわりが来るまでは後一時間の余裕がある。

里佳子は医師用の白衣のボタンを外して、肩から落とした。矯正用の透明コルセットと、それに繋がったサスペンダーで大腿部までの黒のストッキングを吊っているだけで、下着はつけていなかった。

里美の病衣をはだけると、白く張りつめた乳房があらわになる。凜と隆起した球体は、憎らしいほどに初々しい官能にあふれている。

（これで、生まれたときのままなのは、乳房だけになったわね。大丈夫よ、ここはさら地のままにしておくから）

白く張りつめた乳肌をつかんで、先端にキスをする。

「あッ」と声をあげ、里美が顎を突きあげた。

この子は、ラビアに刺環された直後だというのに、ちょっと愛撫しただけで性感を燃やしている。なんていやらしい身体なのか……。

尖ってきた乳首を口に含み、転がした。すべすべの肌をゴム手袋を嵌めた指で愛撫しながら、乳首を吸う。里美のすすり泣きがはかなげな喘ぎへと変わっていった。

里佳子はうねる裸身を、下へ下へと愛撫する。横隔膜を激しく上下させて、洩れそうになる声を指を噛んで押し殺している里美。

里佳子は自分の義肢にてこずりながらも、足の間に身体を割り込ませる。大腿部の途中で収斂した切断肢が憐れだった。

丸くなった断端を愛撫しながら、大腿部の付け根に目をやる。

刺環したばかりの一対のリングが金色に輝き、膣をふさぐようにしてゴールドのペンダントが垂れていた。だが、あふれでた淫蜜で蘭の花全体は妖しくぬめっている。

R・Kのイニシャルが刻まれたペンダントが、里佳子を誘った。そこにキスをすると、里美が「ああッ」と下腹部をせりあげた。

(放さない、絶対にお前は放さない……お前がどこにいようと、お前は私のもの)

里佳子はニードルでできた創口を、唾液で消毒してやる。

第十二章　昇華

1

　安西里美がS大学附属病院を退院して二週間が経過した。シュトゥットガルトへの留学を二日後に控えたその夜、里美のプライベートな演奏会が、高浜のレッスン場で開かれようとしていた。

　筒井、五十嵐とともに招待を受けた里佳子は、パンタロンスーツ姿でフロアに置かれた椅子に座り、里美の登場を待っていた。

「必ずいらしてくださいね。私、先生のために弾きます」

　そう、お涙ちょうだいの言葉で誘われて来たものの、愁嘆場はごめんだ。もちろん、二人にはそんな場面などありえないのだが。

里佳子は控室から聞こえるチェロの調弦の音を聞きながら、窓の外に目をやった。外灯に白い花が妖艶に浮かびあがっているのが見えた。コブシの花だ。さっきここを訪れたときに感じた甘い匂いはこの花のせいだろう。そういえば、里美がうちに入院したときもこの花が匂っていた。

もう、一年になるのか……里美との間に起こった様々な出来事が、フラッシュバックでも起こしたように脳裏を駆けめぐる。

里美との記憶は、外で咲き誇るコブシの芳香のように甘いものでなかったことは確かだ。それはむしろ、胃の腑から湧きあがってくる胃酸に似て、苦いものであった気がする。

それは、いま、ここにいる筒井や五十嵐とて同じだったに違いない。

筒井はこのところカラ元気を出してはいるが、内心で落胆していることは明らかだった。車椅子に座った五十嵐も形成外科で手術を受けたものの、男のシンボルたるペニスを再生するには至らず、女性のような排尿を余儀なくされている。無論、永久に車椅子から立ちあがることはできない。

にもかかわらず、二人が里美を女神や天使のごとく思っているのは、二人の様子で手に取るようにわかる。そして、高浜さえも里美に頭を撫でられ「いい子、いい子」され、赤いペニスを剥き出して尻尾《しっぽ》を振っている。

里佳子はあらためて、この隻脚の少女の有する吸引力を思った。

以前に筒井が、里佳子と里美は同じ匂いがすると言ったことがあった。当時は、自分がたかだか十七年しか生きていない少女と同じ匂いがするなどありえないと鼻で笑った。だが、案外それは真実を言いあてていたのかもしれない。

里美も里佳子も磁石でいえば、プラス極だった。そして、プラス極とプラス極はどうやっても反発しあう。たとえ一国の首相であっても、その不変の真理を曲げることはできない。

だとしたら、自分はもともと不可能なことを可能にするという蛮行を犯していたのだろうか？　いや、そうではない。

人の場合、プラスとマイナスは絶対的なものではなく相対的なものだろう。Aがプラスの要素を多く抱えていたとしても、そこにもっと強いプラス性を持ったBが現われれば、AはBの前ではマイナスに傾く。それが人間関係というものだ。

だからこそ、里美は里佳子の前では従順であるし、筒井や高浜に対しては支配的でいられる。きっとそのせいだろう。里佳子は男たちが里美を崇拝することに違和感はない。むしろ、自分の愛奴である里美が、男たちの関心を惹く魅力的な存在であることを嬉しく思う。

人は自分の愛犬を他人から褒められて、悪い気持ちはしない。雌の愛犬に雄犬どもが寄ってくれれば、自分のことのように誇らしく感じるものだ。ただ、実際に種付けされては困るが……。

里佳子がそんなことを考えながらぼんやりと外を眺めていると、高浜が控室から出てきた。小柄な体軀《たいく》を折り曲げて、里佳子らに会釈しながら、空いていた席に腰をおろす。

この高名なチェリストも歳のせいか、それとも里美に魂を抜かれてしまったためか、このところ卑屈さが漂う。筒井の話によれば、里美に鞭打たれて悦んでいるらしい。いいざまだ。もともと少女しか愛せない男だが、少女愛も年齢とともに質が変わっていくのだろう。老醜の果てのマゾヒズムか。

高浜の背中を眺めていると、里美が登場した。左手でチェロのネックを持ち、一人で歩いてくる。わずかに跛行が見られるが、気になる異常ではなかった。

その姿を何と形容すればいいのか？　ロングボブの前髪は眉を隠すか隠さないかのところで直線的に切り揃えられ、その下に人形のように完璧な目や鼻や唇が息づいている。化粧をしているのか、いっそう陰影が増し、ふっくらした唇がグロスでぬめ光っていた。

そして、コスチュームは少女愛者の画家が描くようなクラシックなものだ。黒のピンタックのビスチェが細身のシルエットを浮き彫りにし、肩紐がリボンのように結ばれていた。背中はコルセットのように編みあげになっている。

ミニ丈のスカートも黒で、なかにパニエでもつけているのか、ふんわりと開き、二段にプリーツが施されていた。

おそらく、高浜の趣味だろう。ロリコンの高浜が着せたに違いない。だが、視線を下に移すと、そこには破綻の光景が待っていた。

波打つミニ丈のスカートから突き出た左足は、わずかに黒のソケットがのぞき、その収斂部分からは膝継手とカーボン製の骨格が伸びていた。

右足にも樹脂と革によって製作された黒の装具が嵌められている。

すでにショックを受ける時期は過ぎていた。それはシュルレアリスムの絵画を見たときに受ける奇妙な感動に似ていた。

この異形の姿を目の当たりにすると、破綻のない完璧な美など表層的なエロスしか生まないことがわかる。部分的欠落と異端こそが魂を鷲づかみするのだ。恥部こそが、タナトスを内包した深いエロスを生成する。

片翼をもがれた天使は冥府に落ちて煉獄をさまよい、浄化されてタナトスのまとわりついた天使へと復活をとげた。そういうことなのだろう。

里佳子が見守るなか、里美は背もたれのついた椅子の傍らに直立して、一礼した。

それから、静かに椅子に腰をおろして、エンドピンを床につけ、左右の足をひろげてチェロを抱え込むようにして固定する。

左肩のネックに指を置いて、弓を持った右肘を直角に曲げる。目を閉じて、呼吸を整えた。おもむろに右腕が動きだした。

弓がなめらかに弦を擦り、柔らかく重厚な音がレッスン場を満たしていく。低音から高音へと音が心地よくうねった。

里美が別れの曲に選んだのは、カサドの「無伴奏チェロ組曲」だった。静かだが、内に強靭な情熱を秘めたメロディが聴く者の心の琴糸に響く。

いい曲だと思った。無闇に人をかきたてないところがいい。心地よい癒しのなかに、秘めた情感が息づいている。

里佳子の脳裏には、まだ行ったことのないスペインの光と影が交錯する街並みが見えた。

第一楽章が終わり、里美が楽譜をめくって、第二楽章に入った。スペインの地方の踊りを表わしていると言われる第二楽章は、飛び跳ねるようなかろやかさに満ちていた。

里美は弦を指で弾いたりしながら、リズムに合わせて身体を揺する。

異形の美が輝いていた。

そして、里佳子は見た。いや、見たような気がした。里美のチェロを抱え込んだ右足と左足に、筒井と五十嵐がしがみついているのを。唐突に浮かんだ幻影はすぐには頭から消えなかった。

いつまでも消えないその光景にデジャビュを感じた。そう、ずっと前に見たチベット密教の図絵に載っていた曼陀羅《まんだら》の神々。彼らは妃を抱いて正面からインサートしながら、足裏で小さな神々を踏みつけている。里美はチェロという妃と繋がりながら、男どもを踏みつけているのだ。

里佳子が妄想にとり憑かれているうちに、演奏は最終章《フィナーレ》へと進んでいた。広々とした野原を思わせる静かで伸びやかな曲調が続く。それが途中からフラメンコのように情熱的なものへと変わっていった。

左手のポジションがめまぐるしく移動し、弓がかろやかに移弦して弦を擦る。

音がうねり、右腕とともに里美の身体が揺れた。ロボットの足で女体の形をした楽器を押さえ込み、全身で弾いている。

妙な言い方だが、里佳子はその瞬間、この子は本物だと思った。チェロと一体化して楽曲を奏でる里美は、選ばれた者にしか表現できないカタルシスをともなっていた。里美は片足を失う代わりに聴衆を酔わせる才能を天から授かったのだろう。そして、この陶酔的な音を生み出している美少女が隻脚であることが、この少女が背負っている現実の重みを知らずしらずのうちに聴く者に与え、それによって楽曲は批評を受けつけない絶対的なものへと昇華していた。

やはり、この少女は鳥籠のなかに閉じ込めておくべき存在ではない。この子は外の世界に飛び立つべきなのかもしれない……。

湧きあがった思いを「いや、そうじゃない」と打ち消しているうちに、フラメンコのような曲調がアップテンポになった。クレッシェンドした音が螺旋状に舞いあがり、クライマックスに達した直後に、演奏は終わった。

弓を弦から離した里美は、まだ演奏の熱狂から抜け出せないのか、興奮醒めやらぬ顔で肩で息をしていた。里佳子はその表情に情事のあとの里美を感じた。

五十嵐が真っ先に拍手をした。里佳子もスタンディングオベーションする。

称賛の拍手を浴びて、ようやく安心したのか、里美が微笑んだ。取っておきの笑みが口許からひろがった。

2

演奏会のあと、母屋で内輪のパーティが開かれた。

会場はどこかの宮廷を思わせる中世風の広間で、高い天井からはシャンデリアが吊られ、アール・デコ風の華麗な家具が分厚い絨毯の上に配置されていた。

ごくごく内輪のパーティということもあって、出席者は先ほど演奏会に出た五人だけだ。里美の挨拶が終わり、歓談が始まると、メイド役の二人の高校生くらいの少女が甲斐がいしく給仕をする。二人ともハッとするほどに美しかった。白のスタンドカラーのブラウスの襟元には黒のベルベットのリボンが結ばれ、黒のロングスカートですらりとした足を隠した少女たちは、清楚で洗練されていた。高浜のチェロの教え子だというが、彼女たちを見ていると、高浜の少女趣味が美意識に裏付けされたものであることがわかる。

この年老いたチェロ奏者はいったいどんな私生活を送っているのか……それを想う

と、嫉妬に似た感情がチリチリと胸を灼いた。

里美は自分がこの会の主役であることを自覚しているのか、筒井や五十嵐のところへ自分から出かけて、談笑している。

本来なら真っ先に里佳子のところへ来なければいけないのに、やはり、気まずいのだろうか。里佳子がぼんやりと里美の姿を目で追っているところに、高浜がやってきた。

「よろしいですか？」

「どうぞ」

高浜は里佳子の隣に腰をおろした。

「先生には感謝していますよ」

「そうですか？　感謝されるようなことはしておりませんが」

里佳子は冷たく突き放す。

高浜は、里美がチェロを続ける気になったのも里佳子のお蔭だというようなことを言った。高浜の話すシュトゥットガルトの音楽アカデミーの様子をしばらく聞いていた里佳子は、話が途切れたところで気にかかっていたことを聞いた。

「高浜さんは、ドイツには？」

「最初の三日ほどは付き添いますが、すぐに帰ってきますよ。やはり、気になりますか？」

「気にならないと言えば、嘘になりますね」

「大丈夫ですよ。里美は私のことなど何とも思っちゃいない。利用するだけ利用して、あとはゴミ屑同然に捨てられるのがオチですよ」

「高浜さんは、それでよろしいんですか？」

「それもまた、ひとつの愛の在り方じゃないでしょうか。結局、あの子が愛しているのは自分だけです。あの子に接する者はいずれ捨てられる運命にある。そうじゃありませんか？」

高浜の言葉が胸に突き刺さった。

「まあ、しかし、あの子が最も信頼しているのは先生、あなたであることは確かだ」

高浜の言葉が、里佳子をうながした。明後日には里美は機上の人となる。おそらくこれが二人になれる最後の機会だろう。

「あの……少しの間、里美をお借りしてよろしいでしょうか」

「けっこうですよ……そうだな、二階の部屋を使ってください。案内させますよ」

里佳子が礼を言うと、高浜が里美のところへ行って何事か耳打ちした。

里美がこちらを見て微笑んだ。ゆっくりと近づいてくる。演奏時のままの黒の服が、里美の美少女ぶりを際立てていた。

二人はメイド役の少女に案内されて、二階の部屋に入った。客間に使っているのか、ホテルの一室のようにこぎれいな部屋で、応接セットとベッドが置いてあった。

少女が去っていくと、息苦しいような期待感が胸に込みあげてくる。二人だけになるのは、二週間ぶりだった。

里佳子はソファに腰をおろすと、里美を膝の上に誘った。里美が背中を見せて、パンタロンに包まれた大腿部に腰をおろす。

ハッとするような美しい背中だった。ひろく空いた首筋から背中にかけての肌は、染みひとつなく赤子の肌のようだ。コルセットのように黒紐で編みこまれたビスチェが腰に近づくにつれて絞りこまれている。

里佳子はなだらかな肩口にキスを浴びせ、靴紐のように編まれた背中を指でなぞりながら言った。

「とうとう、行ってしまうのね。私を置いて……」

「すみません。でも、先生のご恩は一生忘れません」

「心の底からそう思ってるのなら、留学はやめたら」

皮肉を込めて言うと、里美が言葉に詰まった。

「ふふっ、ウソよ。いまさら、止められやしないじゃないの。いいのよ、行ったらいい。私を残して、勝手に行けばいい」

素直に送り出してやればいいのに、里佳子の口からはこんな言葉しか出てこないのだ。

「先生にそんな言い方されると、私、行けなくなる」

「本心じゃないくせに」

「ウソじゃ、ないわ」

「どうだか……」

「ほんとうよ。それに……里美がどこにいようと、里美は先生のものよ」

身体の奥から強い愛情が込みあげてくるのを感じて、後ろから抱え込むようにして、ビスチェの胸をつかんだ。

ブラジャーをつけていないのか、布地越しに肉層の弾力あるふくらみが感じられる。若々しく張りつめた乳房を鷲づかみ、襟足に接吻すると、

「あッ……いや、先生」

上半身をのけぞらせた里美が、後ろ手に里佳子の首を巻いた。

思わず力が入り、胸のふくらみをすくいあげるように鷲づかみして、耳元で言い聞かせた。

「この乳房で、向こうの男どもを誘惑しては駄目よ。わかってるわね」

「はい」と里美が答えた。その声にはすでに喘ぐような息づかいが感じられる。

右手をすべらせて、スカートをまくりあげた。ふんわりと開いたスカートの下には、チュールレースの硬い手触りがあった。

レースをかきわけると、大腿部を包んでいる冷たく硬いソケットが指に触れた。さらに奥をさぐると、指先にもうひとつの金属の感触がまとわりつく。

楕円形のペンダントヘッドの表面をなぞり、R・Kのイニシャルを確認しながら聞いた。

「外さなかったでしょうね」

「ええ……外しては駄目なんでしょう?」

「そうよ」

先ほどの演奏中にも里美の下腹部にはこのペンダントが吊られていたのだ。それを思うと、身体の奥が沸き立った。

このお古のペンダントでさえこれほどに昂揚するのだから、今夜、里佳子が用意したあれをつけさせたら……だが、渡すのはまだ早い。

里佳子は急く気持ちを抑えて、ヘッドの裏側に指をしのばせて、花肉を撫でてやる。

「ううンン、あぁッ……いや……」

哀切に喘いで、里美がギュッと大腿部を締めつける。

それでも、内側にはぬめりが息づいて、指にまとわりつく。誘うようにいやらしく蠢いている。だが、外側の肉萼には一対のリングの冷たい感触があり、そのミスマッチが妖しい感覚を誘った。

中指でぬめりをえぐりたててやると、「あッ」と喘いで、里美が後ろ手に首にしがみついてきた。

「ほらほら、すぐにこうなってしまう。これでほんとうに男から身を守ることができるのかしら？」

言いながら、里佳子はビスチェ越しにふくらみのトップをつまんだ。揉みしだきながら、右手の中指でノックするように肉襞を攪拌すると、

「ううンン、ああァ……」

里美は上体をのけぞらせながら、腰をもどかしそうに揺する。弾力に満ちたヒップが左足のソケットに擦りつけられる。

里佳子は指を抜き、ビスチェの背中の紐をゆるめ、肩紐をほどいた。甲冑でも外すようにビスチェを剝ぎとると、里美が恥ずかしそうに胸のふくらみを隠した。

「ベッドに行きましょう。いいわね」

里美が小さく頷いた。

ベッドに横たわった里美は、胸前で腕を交差させ、ふんわりした黒のスカートから伸びた足を閉じ合わせている。

恋人の愛撫を待つその姿が愛らしい。里佳子もスーツを脱ぎ、ブラウスの胸元をはだけた。ブラジャーはつけていなかった。

里美の両手を万歳の形に押さえつけ、乳房を里美のふくらみに擦りつけた。薄紅に色づく小さな乳首が押さえつけられて変形するのが、たまらなくいやらしい。

里佳子は双乳を擦り合わせながら、パンタロンに包まれた左足を里美の足の間にこじ入れる。義肢にはフォームラバーはつけていなかった。布地を通して金属と金属が触れ合う硬さが感じられる。

上体を起こし、里佳子は垂れ落ちるウエーブヘアをかきあげた。

里美がぼんやりとした目で見あげていた。情欲に捕獲されたとろんとした目つきが、最高にいやらしい。

覆いかぶさるようにして唇を重ねた。里美はそれを待ちわびていたかのように、自分から舌をからめてくる。淫らなキスに性感をかきたてられ、里佳子は左足のソケット部分で股間を擦ってやる。

隻脚同士のレズ行為を他の人が見たら、どう思うだろうか？　その異常さに顔をそむけるかもしれない。だが、二人はこういう形でしか愛し合えないのだ。

唇を離すと、里美が悩ましい吐息を洩らした。

「こんなとき、私が男だったら、きっと里美を腰が抜けるまでイカせてるわね。向こうに行っても私のことを忘れないように、刻印を押すでしょう。それができないのがつらい。ほんとうにつらい。これほどペニスが欲しいと思ったことはないのよ」

本心だった。里美は無言で里佳子を見た。

哀切な何かを訴えるような目が、里佳子の支配欲をかきたてる。

里佳子は首筋から肩にかけて、キスを浴びせる。病的なほどに窪んだ鎖骨の窪地に舌を這わせ、乳房のトップを口に含んだ。

尖ってきた小さな蕾を転がしながら、手をスカートのなかにしのばせる。里佳子が贈ったジュエルの内側は愛蜜をあふれさせ、柔らかな肉層が指にまとわりつく。

敏感な肉芽をさぐると、里美の身体がビクッと跳ねた。粘蜜を塗りつけるようにして肉芽を責め、クリットをなぞってやると、里美はくぐもった声を洩らして腰を揺らめかす。

一年前、里美が入院してきたときは、まだ何も知らないバージンだった。それをこまでにしたのは自分なのだ。それを思うと、強い自負心に似た満足感が湧きあがる。

だが、この少女は遠い世界へと去っていく。それがつらい。たまらなくつらい。

やはり、あのとき磯部の言うことなど聞かずに両足を切るべきだった。両足を切断しておけば、留学などできなかっただろうに……。

何度も心に浮かんだ後悔の念が、また心に去来する。

そんな思いをぶつけるように、中指をヴァギナに押し込んだ。里美が小さな声をあげてしがみついてくる。

狭隘な肉路の締めつけを撥ねつけるようにして粘膜を攪拌すると、里美は肩口をつかんでいやいやをするように首を振る。それでも肉路への愛撫を続けると、里美の手が肩から離れてシーツに落ちた。

皺になるほどにシーツをつかみ、「うふッ、うふッ」と鼻にかかった喘ぎをこぼし、顎を突きあげて愉悦に裸身をうねらせている。

「いいのね、イキたいのね、里美」

「はい……いいの。イキたい、イカせて、先生」

里美が潤みきった瞳を向けた。

里美を絶頂に導くのに、さほど時間はかからなかった。右手の指が、里美のヴァギナの敏感なポイントを覚えていた。

金鎖を押しのけるようにして、膣の天井の入口から数センチの箇所を叩くようにして擦る。すると、里美は華やいだ声をあげ、身体をこわばらせた。しなやかな背中がブリッジでもするように浮きあがり、落ちた。

3

そろそろ餞別を贈るときだ。

里佳子はブラウスの胸元を整えると、ベッドに横たわっている里美を横目に見ながら、バッグをさぐった。

なかから、リボンがあしらわれた細長いケースを取り出した。

「あなたにプレゼントがあるの」

言うと、里美が静かに目を開けた。いまだに絶頂の余韻から醒めやらぬボウとした瞳を向けて、ベッドに半身を起こす。

里佳子はベッドに座ると、細長いケースを手渡した。里美が赤いリボンをほどいて、ケースの蓋を開けた。

その瞬間、眉根を寄せて複雑な表情をした。

「ペンダントよ。あなたのために特別に作ってもらったの」

里美が鎖を持って、それを引き出した。

接合部がナンバーキーになった銀色の細いチェーンの先に、ブルーの光沢を放つ筒状のペンダントヘッドがぶらさがっていた。

「いまあなたがつけているものは、前の女のお古なのよ。それじゃあ、里美が可哀相だもの。貸して……」

里佳子はペンダントをつかむと、その仕組みを話した。

この特注品は音叉の原理を利用したもので、ある特定の音の振動を感じると、共鳴して響く仕組みになっている。

これを下腹部につけた里美がチェロを弾く。音叉はGの音で共鳴を起こして振動を起こす。

里美はそのたびに下腹部に震えを感じて、里佳子を思い出すことになる……そう説くと、里美の顔色が変わった。

「どうしたの？　あなたのために作らせたのよ。いや？　私からのプレゼントをつけるのは、いや？」

「そうじゃないわ」

「だったら、つけなさい。つけてあげる」

有無を言わせず里美をベッドの端に座らせて、足を開かせた。

黒のソケットが途切れるあたりに、ペンダントがぬめ光っていた。金鎖を外して、代わりに新しいペンダントをつける。

細いチェーンをリングに通して接合部を嵌めると、ナンバーキーをでたらめにまわした。ナンバーは里佳子の誕生日に設定してあるが、里美にはわからないはずだ。

ブルーの光沢を放つ筒状の共鳴装置が、ヴァギナの入口をふさぐように吊りさがっていた。

「素敵よ。あなたがチェロを弾くのが楽しみだわ」

そう言って、里美を立たせた。

絵に描いたような少女のたおやかな完璧な上半身、黒の金属の足、そしてブルーの光沢を放つ股間の共鳴装置……里佳子はその不思議な光景に、強い欲望を覚えた。

そして、このプレゼントができあがってきたときに思いついた行為を、実行に移すことにした。

「きれいよ。とっても、素敵。みなさんに見せてあげましょうか」

それを告げると、里美が「エッ」というふうに眉根を寄せた。

「ホールであなたを待っている人に、里美の姿を披露したいの。私からのプレゼントをつけたその美しい姿を、みなさんにお見せしたいの」

里美は判断をつけかねているのか、答えを返そうとはしない。

「彼らは私たちの関係を知っているのよ。いまさら、恥ずかしがることじゃないでしょう」

強く言うと、里美の左右に動いていた純粋種の瞳が止まった。里佳子をじっと見据えて言った。

「わかったわ。先生がそうおっしゃるなら、私はかまわない……でも、先生、ほんとうにいいの？」

「いいわ。行きましょうか」

迷いはなかった。

里美は立てかけてあったエルボークラッチをつかむと、歩きだした。

里佳子もその後を付き添うようについていく。

吹き抜けのエントランスホールを右手に見て、広間の前で立ち止まる。木製のレリーフが彫られた大きな扉を前に、里佳子はもう一度聞いた。

「いいのね？」

「はい」と、里美が頷いた。

開閉式のドアを引くと、なかから談笑の声とともにバロック音楽が流れてくる。

里美を先頭に室内に入った。

シャンデリアの明かりに中世風のホールが煌々《こうこう》と浮かびあがっていた。三人が話をやめて、いっせいに振り向いた。次の瞬間、室内の静寂に、驚愕の色が走った。

驚きに満ちた視線が里美の裸身をとらえ、やがて、その下腹部へと落ちた。

「行きましょうか」

うながすと、里美は注がれる視線のなかを、里佳子にエスコートされてゆっくりと進んでいく。

高浜が何かに憑かれたような顔で里美を見ている。筒井も五十嵐も、茫然とした表情で二人を見ている。

身体が凍《い》てつくような拘束感のなかを、里美は杖をつきながら昂然と胸を張って一歩、また一歩と歩いていく。

その凛とした里美の姿を見た瞬間、里佳子は思った。

二人をここまで導いてきたのはじつは自分ではなく里美なのではないのか……里美が私の愛奴なのではない。この私が里美の奴隷なのだと。

二人はホールを横切り、空いているソファに腰をおろした。

里佳子は自分の鳥籠から飛び立とうとしている少女を抱き寄せた。接吻を交わしながら、股間をさぐった。

里美は、ここにいる奴隷たちに見せつけでもするように大胆に足を開いた。その白い大腿部に吸い寄せられるように、男どもがいっせいに集まってくる。

(いやらしい蛾たち、そんなに見たいのなら見せてやろうか……)

里佳子が股間の共鳴装置を持ちあげようとすると、爪があたって、それが乾いた音を立てた。チーンという澄んだ金属音が、広間の空気を震わせ、それに共鳴して、どこかで弦の鳴る音がした。

◎本作品は、２００３年5月～２００４年4月にかけて雑誌連載された「隻脚の天使」を大幅に加筆・修正したものです。

◉新人作品**大募集**◉

マドンナメイト編集部では、意欲あふれる新人作品を常時募集しております。採用された作品は、本人通知のうえ当文庫より出版されることになります。

【応募要項】未発表作品に限る。四〇〇字詰原稿用紙換算で三〇〇枚以上四〇〇枚以内。必ず梗概をお書き添えのうえ、名前・住所・電話番号を明記してお送り下さい。なお、採否にかかわらず原稿は返却いたしません。また、電話でのお問い合せはご遠慮下さい。

【送付先】〒一〇一-八四〇五 東京都千代田区神田三崎町二-一八-一一 マドンナ社編集部 新人作品募集係

隻脚《せっきゃく》の天使《てんし》 あるいは異形《いぎょう》の美《び》

著者◉北原童夢【きたはら・どうむ】

発行◉マドンナ社
発売◉二見書房
東京都千代田区神田三崎町二-一八-一一
電話 〇三-三五一五-二三一一(代表)
郵便振替 〇〇一七〇-四-二六三九

印刷◉株式会社堀内印刷所 製本◉株式会社村上製本所 落丁・乱丁本はお取替えいたします。定価は、カバーに表示してあります。

ISBN978-4-576-20140-5 ◉Printed in Japan